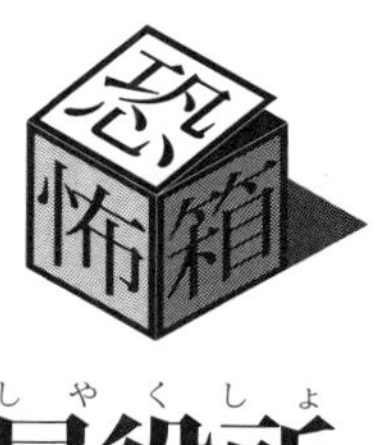


# 屍役所（しやくしょ）

加藤一　編著

竹書房文庫

※本書に登場する人物名は、様々な事情を考慮してすべて仮名にしてあります。また、作中に登場する体験者の記憶と体験当時の世相を鑑み、極力当時の様相を再現するよう心がけています。現代においては若干耳慣れない言葉・表記が登場する場合がありますが、これらは差別・侮蔑を意図する考えに基づくものではありません。

# 巻頭言　箱詰め職人からのご挨拶

加藤 一

本書『恐怖箱 屍役所（しやくしょ）』は、公務員から聞き集めた実話怪談集である。

役所の敷地というものは、大抵色々と事情やら曰くと縁のある土地であることが多い。

様々な理由で国に接収された土地、相続の都合で物納になった土地、歴史的事件の舞台になった土地、そして競売に掛けられても何某かの因果で引き取り手が現れず、塩漬けになった土地、などなど。そうした土地の多くには、警察署、消防署、税務署などの超長期的かつ恒久的にその地域に必要なお役所の建物が建つ。そういった因果も手伝ってか「役所」にはそういう怪談が付きまとう。役所が怪異を呼ぶのではなく怪異の原因を孕（はら）んだ土地に役所が建つのであって、この辺りは因果と結果が割とはっきりしているようにも思う。

一方で、多くの場合、公務員には職務上の秘密を守らねばならない服務規程がある。彼らは職場で起きた怪異を外に漏らさない。故に、お役所の怪談は世に知られているよりも、実際にはずっと暗数が多いのではないか――というのが、本書の狙いである。

そして案の定、「立場的に言えない怪談」がちらほら浮かび上がってきた。

公務に励む公務員の抱え込んだ、言うに言えない怪異譚を御堪能いただきたい。

# 目次

# 山野夜話

「おっがねえ話がい？　いっぺあったぞ、そつけなもの」

今年で齢九十を迎える佐竹さんは、残り少ない日本酒が入った四合瓶を煽りながら、どぎつい香りのする紫煙を燻らせつつ言った。

年齢の割には屈強な体つきをしているが、それもそのはず。辺りが雪に覆われるまでは、ほぼ毎日のように山菜や茸採りに精を出しているそうである。

「まんず、煙草でも喫んでけろ。順々と話してけっから、なァ」

皺だらけの面輪が一気に破顔した。そしてすぐに、彼の語りが始まった。

今から数十年前に遡るが、彼が山奥の分校で教諭の職に就いていた頃の話である。


「あれは、たすか。あそこに来てから暫く経っだときの話だなァ」

佐竹さんは町から大分距離のある、山奥の分校で教諭をしていた。

夏になれば極暑に苛まれ、冬になれば辺りは夥しい雪で埋め尽くされて身動きすらままならない、そんな土地であった。

「神隠しっちゅうのがな。学級の女子（おなご）がいなぐなったこどがあってなァ」

長い夏休みが終わって新学期が始まったばかりの、八月後半のある日曜日。

彼の教え子の一人である、華代さんが行方知れずになった。

早朝に魚を捕りに行くと家族に言って出ていったきり、そのままいなくなってしまったのである。

朝食の時間になっても帰ってこない娘を案じて、彼女の両親は近所の人達に事情を話して、皆で山狩りを開始した。

当然佐竹さんも駆り出されて、着の身着のまま慌てて現場へと向かった。

日の出からそう時間が経っていないせいもあって、辺りは朝靄に包まれている。

少々肌寒さを感じながらも、佐竹さんは子供達の釣り場になっている渓流へと向かった。

川の水深は三十センチほどしかなく、川底がはっきり見えるくらいの透明感を保っている。

これでは流石に溺れてしまうこともないと思われたが、万が一ということもある。

辺りを飛び交う蜉蝣（かげろう）の群れを手で払いのけつつ、心の何処かで最悪の事態を予想しながら、川のほとりをゆっくりと下っていった。

数分ほど歩いたところで、彼の視線があるものを捉えた。

それは、川岸にびっしりと生えている草むらの中に紛れ込んでいる。見方によっては人間の形にも見える、上下ともに丸みを帯びた真っ黒な物体であった。

身長は大人よりも高く、大きなボーリングのピンのような形状をしている。

その表面はまるで全身に泥を塗ったくったかのようないびつな墨色で、顔面らしき部位にも目鼻は見当たらない。

ただし、口だけははっきりと判別することができた。顔面の半分以上を占有し、見事なまでの紅に染まっている。

佐竹さんの視線に気が付いたのか、大きすぎる鰐口を更に開いたかと思うと、そいつは一瞬嗤ったかのような表情を見せた。

そしてそのまま、鬱蒼（うっそう）と茂る雑草の中へと滑るように消えてしまった。

何となく見てはならないものを見たような気がして、佐竹さんは山狩りをしている人たちに向かって、大声を張り上げた。

最初は怪訝（けげん）そうに聞いていた人たちも、彼の目撃したものの姿形を聞くなり、一斉に静まり返った。

少し間を置いて、石屋の喜三郎さんがぼそりと呟いた。

「……こりゃ、一両日中には見づかんべな」

何の確証があるのか分からなかったが、その一言で山狩りの人達から諦めに似た呟きが漏れ始めた。

「んだズなァ」

「しょうがねえべなァ」

何故か納得したかのような声が、皆から上がっている。

「……まァ、もごしぇげんどなあ。どんな形でもそのほうがいいべ」

喜三郎さんの言葉が、佐竹さんの胸に重く伸し掛かった。


翌日、華代さんは山の麓で無事保護された。

ボロボロになった衣類を身に纏って、まるで酔っぱらいのようにふらふらと歩いているところを、駐在所の若い巡査に発見されたのであった。

発見当時は一言も言葉を発せず、まるで沢蟹のように口から泡ばかりを出していた。

華代さんは結局、そのままこの土地を離れることになった。

「決っすて住み良い土地じゃねえがらなあ、仕方ねえべさ。あんなごともあったしなァ」

*　*　*

「……んだズなァ、こつけなこともあったズなァ」

朝方から深々と降り積もった雪は昼過ぎには収まったが、辺り一面を眩いばかりの白銀に変えていた。

今夜の宿直に備えて起きたばかりの佐竹さんは、窓から見える景色を見ながら溜め息を吐いた。

この積もりようでは、陽のあるうちに家の周りだけでも雪掻きをしないと、とんでもないことになってしまう。

壁の時計に目を遣ると、針は四時半を指している。

彼は急いで家の周りの雪掻きを片付けると、息つく間もなく身支度を調えた。

そして愛用の錆びたスコップを片手に、誰もいない分校へと向かった。

先程の雪掻きに加えて、新雪を踏み締めながらの登校は、雪に慣れた彼でも相当に疲れ果ててしまう。

汗でびっしょり濡れたアノラックの内側に冷風を扇ぎながら、ひとまず校門の前で一服することにした。

ここから入り口まで、せめて自分が通れるくらいまで雪掻きをしなければならない。

彼は肩で息をしながら、重い身体に鞭打って、新雪をスコップで除け始めた。

結構な重労働が続いているせいか、なかなか前へと進まない。もう三十分も経ったと思われたが、相変わらず入り口は遠いままである。

いつしか陽も沈みかけており、月明かりがなければ直に深い闇へと早変わりするであろう。

気合いを入れ直すべく立ち止まって深呼吸をしてから、目の前の銀雪へ向かって勢いよくスコップを突き刺した。

雪の中にある何か、明らかに生物的な何かを断ち切ったような、とてつもなく嫌な感触がスコップの柄を通して伝わってくる。

その柄を握り締める両手から、一斉に力が抜けていった、そのとき。

……ンンンンンギャアアアアアアッッッッアアアア！

耳を劈（つんざ）く悲鳴が、辺りにこだまする。

佐竹さんは手にしていたスコップを放り投げると、足下に目を遣った。

……もしかして、もしかして。雪の中に誰かいたのかもしれない。そう考えた瞬間、彼の全身に寒気が襲ってきた。

あの悲鳴は、明らかに人間の子供が発したように思えたし、鳥や獣ではあんな声は出せない。

彼はその場でゆっくりとしゃがみ込むと、スコップを突き刺した箇所を、恐る恐る両手で掘り始めた。

「……んっ！」

寒さで麻痺し始めた両手が、何か弾力のあるものに触れた。

両手が痺れ始めていたとはいえ、それが石や岩でないことはすぐに分かった。

と、いうことは……。

彼は猛烈な勢いで雪を掻き始めると、勢いよく顔を近づけて凝視した。

「……ふっっっっっっっ」

そうそう、悲鳴なんか出るものではない。しかしその代わり、紙袋から空気が漏れるような音を喉の奥から出しながら、佐竹さんはその場で崩れ落ちた。

それは、人の顔であった。

日本人形のようなおかっぱ頭をした、付近の新雪顔負けなほど真っ白な皮膚を持った、美しい女児である。

その黒目勝ちな眼は爛々（らんらん）と輝き、薄く朱色の唇は小刻みに動いていた。

「……あだったのか？　どごがさ当だったのが？」

彼女の安否を確かめるべく、即座にそう声を掛ける。

しかし、彼が異変を感じ取るまでそう時間は掛からなかった。

何故、こんなところに女児が一人でいるのか。そもそも、このような状態になるには朝方からこの場所で寝そべっていなければならない。

もしそうだとしたら、どうしてこの女児は生きているのか。

そのような考えが、彼の脳裏を巡回していく。

だが、それ以前に、この女児の首から下は一体何処にあるというのか。

佐竹さんの雪掻きで、この女の子の周りは大分すっきりしていた。にも拘わらず、彼女の頭から下は何処にも見当たらない。

うっすらと垣間見える濡れた砂利道の他、何も見つけることができなかったのだ。

……ンンンンンギャアアアアアッツッツアアア！

女児の口唇がきっと吊り上がったかと思うと、即座に大音量の悲鳴が響き渡った。

顔を顰(しか)めながら思わず両耳を手で塞ぐ佐竹さんを見るなり、その女児の顔は一気に破顔した。かと思った途端、朱色の唇が動き始めた。

「まンず、そいつがなあ。わげのわがんねえ言葉で歌い始めだんだズ」

聞いたこともないような言語で、その首は歌い始めた。そして思わず聞き入るほどの美声のせいか、猛烈な睡魔が彼に襲い掛かってきたのである。

「こりゃ、まずいべなァって。ここで寝ちまったら、そりゃまずいベズ」

彼は自分の両頬に何度もびんたをくれてやると、全速力で分校の入り口へと向かって走っていった。

そして隠していた一升瓶を共にしながら、宿直室で一睡もせずに朝を迎えたそうである。

「秘蔵の美酒が役に立っだわけだずなァ」

「まだまだあっけども、また今度だべなァ……」

佐竹さんは酩酊状態でそう言いながら、千鳥足で自室へと向かっていった。

# お別れ会

昭和四十年代の話である。

当時、米沢さんは山村の小学校で音楽の教師を務めていた。

林業が盛んな村ではあったが、人口は減少し始めており、生徒数も少なかった。

それでも音楽室は立派なものであり、小さいながらもグランドピアノが設置されていた。

町育ちの米沢さんにとって、山の暮らしは分からないことも多く、生徒達の優しさに助けられる毎日であった。

生徒数が少ないため、親密度は高くなる。それぞれの家庭事情も自ずと分かってくる。

それを踏まえた上で、将来の夢の話などを聞くのは楽しくもあり、辛くもある。

近藤咲子という生徒の夢は、音楽の先生であった。近藤家は早くに父親を亡くしており、母親が他の家の手伝いをして漸く暮らしていた。

そのような生活では、ピアノを習うなど夢のまた夢である。それでも咲子は、暇さえあれば音楽室に籠もり、独学でピアノを弾いていた。

当然ながら、米沢さんも練習に付き合っていたという。

村の小学生は卒業後、町の中学校に通うようになる。その卒業式で歌う別れの曲の伴奏をするのが目標であった。

咲子はいつも同じ箇所で間違い、そのたびに悔しそうに俯（うつむ）いた。


山は紅葉の秋を終え、厳しい冬に向かおうとしていた。

その日、帰り支度をしていた米沢さんは、教室から聞こえてくる物音に気付いた。

山間の村は夏でも日が暮れるのが速い。秋から冬にかけては、あっという間に暗くなる。いつまでも教室に残っていては、帰り道が危険だ。米沢さんは音がするほうへ向かった。

どうやら、音の出処は五年と六年の合同教室である。

「ほら君達、いつまで残ってるの」

声を掛けながら教室に入った米沢さんは、次の言葉に迷った。

クラス全員が着席している。いつもなら笑い声や雑談で満ちている室内が静まり返ったままだ。

もう一度、声を掛けようとする米沢さんを制するように、一人が立ち上がった。

荻原という男子だ。黒板まで進み出た荻原は、大きく『お別れ会』と書いた。

「それではお別れ会を始めます。近藤さん、前に出てきて下さい」

咲子が立ち上がった。いつもの明るい笑顔は影を潜め、まるで能面のようである。

教壇に立った咲子は、一瞬だけ米沢さんを見た。

「ねえちょっと、君達ってば。お別れ会って何よ。近藤さん、何処に行くの」

誰も答えようとしない。咲子は小さく震えている。

次の瞬間、萩原の指揮で全員が祝詞を唱え始めた。米沢さんが聞いたことのない言葉である。

これは全員で咲子を虐めているのではないか。そうとしか思えなくなった米沢さんは、咲子を連れ出そうと近づいた。

一斉に全員が立ち上がり、祝詞を唱えながら邪魔をしてくる。

とうとう米沢さんは教室から追い出されてしまった。いつの間にか、廊下には校長と他の教師がいた。

事情を説明しようとする米沢さんを睨みつけ、校長は穏やかな口調で言った。

「お別れ会の邪魔をしてはいけませんよ」

尚も食い下がろうとする米沢さんは、他の教師に力ずくで引きずり出された。

そのまま一晩中、用務員室に監禁されたという。

夜が明け、用務員室を出た米沢さんを待っていたのは、慣れ親しんだ日常であった。

校長も他の教師も、平然と笑って挨拶してくる。

子供達も、いつものように元気に騒いでいる。

ただ、近藤咲子だけがいなくなっていた。

警察に通報すべき事件と判断した米沢さんは、密かに町に向かおうとしたのだが、ことごとく村人に邪魔をされた。

しかも緩やかにである。終始見張られている生活が続き、とうとう年が明けた。

正月を迎え、村では十年に一度という祭りが始まろうとしていた。

村人は全員参加である。半ば強制され、米沢さんも神社に向かった。威厳に満ちた古い社には山の神様が祀られているという。

その社から咲子が現れた。

巫女の衣装を身に纏った咲子は、村人が担ぐ籠に乗せられ、山を登っていった。

米沢さんが大声で名前を呼んだが、咲子は一度も振り返らなかった。

その後、咲子の母親は村を出ていき、家も取り壊され、近藤という一家は村から消えた。

何があったのか分からないが、探り出す勇気も気力もなくなり、米沢さんは抜け殻のように五年間を村で過ごした。

身体を壊したことで村から出られたそうだ。

五十年以上経ち、今では村そのものが存在しないという。

教職を離れてから、米沢さんは自宅でピアノ教室を開いていた。

歳を取った今では、教室を閉め、年金で暮らしている。

時折、誰もいないはずなのにピアノの音がするという。咲子が一生懸命練習していた別れの曲である。

いつも同じ箇所で間違うのよ。

米沢さんはそう言って、寂しげに微笑んだ。

# 転任教師

東京都在住の相沢さんは子供の頃、郷里の市立小学校に通っていた。彼女が五年生の新学期のこと、他の学校から二十代後半の男性教師が転任してきた。隣のクラスに当たる五年三組の担任としてである。

始業式後に紹介と挨拶が行われることになったのだが、相沢さんは彼の顔を見た途端、当時〈ボケ役〉として絶大な人気があったお笑い芸人を思い浮かべた。それほどそっくりな顔をしていたという。

おまけに教頭が「こちらは、○×先生です」

と、彼の名前を紹介した。実は偶然、苗字もその芸人と同じだったのだ。

児童の間からワアッ、と大きな笑い声が起こった。昨今のお笑い芸人は美男やインテリも多く、人気俳優並みにもてはやされている者もいるが、昔は人気があっても、何処か蔑まれたり、過小評価される傾向があった。〈本当に馬鹿な人なんだ〉と思い込んでいる子供も多かったのである。児童の中には、かの芸人のものまねをやりだす者までいた。

その間、男性教師は悔しそうに唇を噛み締めていたという。

相沢さんは気の毒に思ったが、周りの児童達はまだ笑っていた。そんな中で男性教師は自己紹介を始めた。

「お、おは、よう、ござい、い、ます……」

声がか細い上に震えている。かの芸人の声とは似ていない。その上、

「ええ……ご、ごんど、ごでんさんぐみど、たんでぃん、に……」

と、すぐにその声が嗄（か）れてきた。喉が潰れたような酷い濁声（だみごえ）になって、何と言っているのか、よく聞き取れない。やがて噎（む）せ返って顔面が青黒くなり、目を白黒させて、倒れるかと思うほど苦しそうに見えたが、どうにか男性教師は話を終えた。

朝礼が終わってから相沢さんはクラスメイト達に、

「あの先生、凄い声だったね。噎せてたし……。あれで明日から授業ができるのかしら？」

と言ったのだが、皆が首を傾（かし）げている。

「噎せてた？　そんなことなかったよ」

「声も震えてたけど、普通に聞こえたじゃん」

皆が違うことを言うので、相沢さんは不可解に思った。

翌日、学校は大騒ぎになった。その男性教師が自殺を図ったのである。

『今度の学校でも笑いものになりました。もう生きてゆく自信がありません』と、書き置きをしてから自宅の押し入れで農薬を飲んだのだ。どうやら前の学校で児童や保護者とうまくいかず、馬鹿にされたり、容姿のことをからかわれてノイローゼになっていたらしい。ただ、なかなか死ねずに嘔吐しているところを家族に発見され、収容された病院で数日苦しんでから亡くなったという。

その前に他の教師達が見舞いに行った。相沢さんが担任の女性教師から聞いた話によれば、本人との面会はできなかったが、男性教師が家族と話している声が病室の外まで聞こえてきた。喉が焼け爛れてしまったらしく、別人のように嗄れた酷い声になっていて、本当に気の毒に思えた、とのことである。

その話を聞いた相沢さんは、先日の不可解な出来事を思い出した。

それから学校で異変が起こり始めた。

「ええ……ご、ごんど、ごでんさんぐみど、たんでぃん、に……」

死んだ男性教師の声が授業中に突然、耳元から聞こえてくるようになったのだ。初めは相沢さんの他に聞いた者はいなかったが、次第に「私も聞こえた！」「僕も聞いた！」と言い出す者が出てきた。

そして男性教師のことを嘲笑した児童達が高熱を出したり、怪我をしたりするようになった。それは相沢さんのクラスだけでなく、学校全体で同時期に起きていたという。

ある日、相沢さんは休み時間に廊下を歩いていて、隣の五年三組の教室の前を通った。扉や窓が開いていて教室の中が見える。彼女は何げなく中を覗いて、思わず立ち止まった。

黒板の真ん中に、灰色の大きなものが浮かんでいる。テレビが放送されていないときに流れる〈砂の嵐〉のようなものが、ざわざわ、ざわざわ……と揺れ動いていた。それは楕円形で、よく見ると人間の顔の形をしていた。ただし、大きさは平均的な成人男性の頭部の四、五倍はあるように見える。その口元が動いて、

「ええ……ご、ごんど、ごでんさんぐみど、たんでぃん、に……」

と、死んだ男性教師の濁声が吐き出された。

それを聞いた相沢さんは竦み上がって、恐怖のあまり、眩暈を覚えた。貧血を起こして廊下に昏倒してしまったという。母親が迎えに来てくれて早退したが、相沢さんは怖くてそれから五日間、学校を休んだ。

彼女が例の男性教師と遭遇したのはこれが最後になったものの、芸人のものまねをやって男性教師をからかった男子児童は、放課後、友達の家へ遊びに行って帰る途中、脇見運転をしていたバイクに撥ねられ、数日後に死亡してしまった。

それを最後に、異変は収まったそうである。

# 私と母、父とそれ

私が教師になろうと思ったのは、簡単に言うと、やりたいことがなかったからでした。

高卒で専門学校に行った同級生の女性達は、殆どが美容師か福祉関係の仕事を目指していました。私はいかにも「やりたいことがある」ようにその道に進もうとする彼らを馬鹿にしていました。彼女達はどうせ低賃金で、ぶつぶつと愚痴を言いながら仕事をして、ふっと仕事を辞めたかと思うとキャバクラに勤めだし、更に不安定な道のりへ行く。私のように面倒臭がらず受験勉強をして、そこそこの大学に入っていれば、そんな人生を歩まなくていいのに。そんな風に彼女達を見ていました。夢よりも現実だ、と公立大学に入ったとき、私は既に社会に出ているような気持ちでした。学費を払う身でありながら、真っ当に現実に向き合って生きている自分は、もう自立への一歩を踏み出しているのだ、という意識がありました。学歴がないと、人生なんてギャンブルみたいなものです。教職免許を取得した頃、ああこれで安定が手に入るのだろうな、と思いました。免許があるからと言って、簡単に勤め先が決まる訳ではないことは百も承知でしたが、それでも、私が望む幸せへの切符を手に入れただけで安心したものです。夢を持たないことが私の誇りでした。夢がないからこそ、辛い受験勉強を乗り越えることができたのだと思います。

私の家は決して裕福ではありませんでした。それでも女手一つで私を育て上げた母の計らいのお陰で、酷く惨めな思いをしたことはありません。

母と離婚した男とはたまに約束をして母と三人で会います。あまりパッとしない男です。何のために三人で会っているか分かりませんが、私はそういう日には努めて明るく振る舞うようにしています。そうすると母が喜ぶことを小さい頃から知っているからです。


私は運良く、就職浪人をすることなく赴任先が決まりました。

都内の小学校です。学校は母と暮らすアパートから電車で通える距離でした。私は、母となるべく離れたくなかったため、本当に運に恵まれていると思いました。

指導教官は女性の方で、事務的な教え方が私にとても合っていました。私は条件付き採用の期間はなるべく「はい」と「すみません」しか言わないよう決めていました。そうするのが先輩への礼儀であると同時に、それ以外の言葉は無意味な人間関係を生む引き金になるかもしれないと思っていたからでした。

私が昔からイメージしていた大人の生活にとって無益な人間関係は不要なものです。

二年目からはまだ諸先輩の方々からのアドバイスこそあったものの、指導教官が取れたため、とても楽に感じました。幾ら仕事と割り切っていても、職場でのコミュニケーションとは、やはりストレスになるものです。

私が受け持ったのは二年生のクラスでした。一年目にも感じたのですが、私は子供の相手をするのが得意なようで、自分と生徒だけで完結する授業などに関して、全くの苦労を感じませんでした。反面、行事ごとやPTAが関わる業務に関しては、想像していた通り難儀を感じることがありました。子供達は色々なことを分からないいまま、自我に流されて当たり前なのですが、理解力の足りない大人が偉そうにすることには辟易しました。それでも「はい」と「すみません」を適宜使い、事がスムーズに進むようにしました。

母は時折「仕事はどう？」と私に訊ねました。私は決まって「楽しいよ」と答えました。そうすると母は嬉しそうに笑いました。

あっという間に教師生活は三年目になりました。

クラス替えはなく、私は同じクラス構成のまま三年生の担任になりました。

教室が変わると、こんなことが起きるようになりました。

授業中、大人しく座る生徒達の机を縫うように教室の中を何かが動いているのです。

それは初めのうち、自分の前髪が視界に入っただけか、それとも目にゴミが入っただけかと思うほど微かでした。黒板に向かった後振り返ると動きを感じたり、口頭で解答する生徒の後ろを何かが通ったような気がしたりと、その程度だったのです。気になりだすとそれは――そう。気になりだしたのが問題だったのかもしれません――存在感を増し始めました。教室のそれがいる空間にばかり目が行くようになったのです。これでは授業が手につきません。生徒達も、発表をするほうを向かずにいる先生を見て、訝しむ気持ちもあったのでしょう。それが何なのかを見定めることに集中してしまい、はたと気が付いたときには不安そうな生徒達の眼差しを集めていました。

この頃から、私はあまり仕事を上手にできないようになりました。とはいえ、「動くそれ」とは無関係な理由からです。

他の先生方が私にやたらと仕事を押し付けるようになったのです。

理由はどうも私が「はい」と「すみません」しか言わず、それなりにそつなく仕事をこなしてしまうことであるようでした。「できるよね？」と随分と軽い言い回しで、行事で使うテントの発注やしおりの作成を頼まれました。明らかに私よりも適任者がいそうな書類の処理も回ってきます。家に様々な資料を持ち帰るだけならまだしも、分からないことを先輩に訊いても、何故だかしっかり教えてもらえないどころか、鬱陶しいと思われているのではないかと疑ってしまうほどぞんざいに扱われることも、頻繁にありました。そして私は何か歯車が狂ったような思いを抱き始めました。目に見えて痩せてきたせいで、幾ら「大丈夫だよ」と話しても母から不安を拭うことはできませんでした。

あるとき、教室で動くものの正体をはっきりと見ることができました。

その日私は本当に疲れていて、殆どまともに授業ができていませんでした。ざっと教科書の解説をした後、生徒達にはひたすら問題集をやらせていました。椅子に座って教室を見渡していると、細長い楕円形のものが教室の後方にありました。その楕円は白、黒、灰色を前衛的に垂らした水墨画のような見た目をしていました。人ではないのでしょう。顔も身体もない、よく分からない柄の楕円です。楕円は微動だにしません。暫くじっと見ていたのですが、幾ら見ても何ひとつ変化がなく、見ていて気持ちの良いものではなかったので、目を逸らすと、楕円の姿は消えました。

その後も、何度か楕円を見ましたが、見たからと言ってさしたる感慨はありませんでした。

それだけ忙しかったのです。

これだけ忙しかったら、こんなものも見るだろうな、と諦めていました。

果たしてこの仕事をいつまでも続けることができるだろうか。そんな疑念がありました。

その後、帯状疱疹（ほうしん）が出て一週間ほど仕事を休みました。

要休養とある診断書を医師に書いてもらったので、教頭もしぶしぶ休暇願いを受け入れました。

私が休んでいる間は、クラスを持っていない教頭や校長が代わりを務めることとなりました。

さて、ここからが愉快でした。

休んでから二日目、教頭から電話があったのです。「あの教室は何だかおかしくないか」と教頭は言いました。詳しく訊くと、生徒以外の視線を感じる。何かが動いている気配がある。背筋が急に寒くなる。などなどを教頭は訴えます。私は「知りません」とだけ答えました。それに関して教頭と話し合うつもりはもちろんありません。三日目も教頭から電話がありました。今度は「知らない子供が教室を走り回っているのを見た」と教頭は言いました。これにも「知りません」と答えました。これは本当に知らないことです。その後の休暇中、教頭からの電話はなくなりました。今度は教頭が体調を崩したそうで、数日出勤しなかったとのことでした。

結果的には帯状疱疹が出たお陰で、私は休むことができたし、教室には変なものがいることを証明することができたのです。

何か気分がさっぱりした私は一連のことを母に話しました。

母は随分と神妙な面持ちで私の話を聞きました。

そして、どういう訳かもうパパと会うのは止めようか、と私に提案してきました。

「どういうこと？」

「……いや、何となく」

そんなあっさりとしたやり取りをしたのですが、私はこの母の提案を願ったり叶ったりと思い、

「そうしよう。何となくでも勘は信じたほうがいい」

と明るく返しました。

不思議なことに、復帰後は教室に異物の存在を感じることはなくなりました。

また、教頭はあんな電話をしたことに何か照れでもあるのか、私と目を合わせなくなりました。

その後も、各教師から様々な仕事を押し付けられたものですが、がむしゃらにこなすうちに、山は去りました。私はその仕事ぶりから職員室の中でも一目置かれる存在になったようです。

父は赴任から六年目の年に身体の至る所で癌（がん）が見つかり、ほどなくして亡くなりました。

私は母と葬式、火葬に立ち会いました。

火葬の最中、並ぶ親戚の中に、またあの楕円を見ました。

私以外に誰かあの楕円を見ている者はいないかを確認するため、そっと周囲を見渡すと何人かが唖然として楕円のほうを見ていました。

ああ、やはり母の勘は正しかったのだな、と私は思い、ますます母を尊敬するようになりました。

そんなお話です。

# 馴れと指導

少し前に、かつてとある地方議員の秘書をしていらした方から伺った話がある。

一時期、その議員の身の回りで不幸が重なり、葬儀が立て続けに執り行われたことがあった。

通夜式や告別式への付き添いや代理出席、或いは会葬辞退等の書状の手配、式場での受け付け、案内等々。時に喪主側として、時に弔問客側として――慣れない作業の数々に苦心惨憺(さんたん)とする中、これら連日の葬儀の席に、毎度のように参列している子供達の存在に気付いたのだという。

聞けば、名の知れた資産家の御子息達であるようだ。

高校生だという兄のほうは、挨拶や焼香の作法等、未成年であるということがそぐわない程にしっかりとしたものであった。

少し言葉を交わす機会があったので、「まだ高校生なんだよね？　それなのに随分と板に付いているもんだね」と、素直に見て感じたままを述べると、「いえ、最近こういうのが続いていますので。嫌でも馴れてきてしまって」との返答。

　今現在は、大学卒業、海外留学を経て某一流商社へ入社しているとのことで、当時の堂に入った立ち振る舞いを見れば、その順風満帆な躍進振りも納得の結果と言える。

　それはそれとして。

　この高校生の兄とは別にもう一人、こちらはまだ当時、小学生低学年ほどであった少年がいた。

　この少年もまた、年齢にしてはしっかりとした作法を身に着けていたので驚いたのだという。

　式の合間に、会場の出入り口付近でぶらぶらしていたこの少年を発見し、兄のときと同様に同じように話しかけてみた。

「さっきお焼香を上げるところを見ていたけど、あまりに上手で驚いちゃったよ。誰かに教えてもらって練習してきたのかな？」

「うん。教えてもらったんだ」

　全く物怖じする素振りを見せずに、じっとこちらの顔を見上げ、ニカっと白い歯を見せて少年は破顔する。

「へー。お兄ちゃんも上手だったから、そのお兄ちゃんから教わったの？」

「違うよ。兄ちゃんはケチケチだから、教えてなんかくれないんだ。このネクタイを結んでくれたのは兄ちゃんだけどもね」

「ふーん。じゃあパパかママが教えてくれたのか。大人の僕から見てもホントに上手で驚いちゃったよ」

「ホントに上手だった？　ホントに？　あっ！　でも教えてくれたのはパパでもママでもないよ」

そう言って少年は、十数メートルほどの距離のある焼香台のほうを指さす。

「あの人がいつも教えてくれるんだ」

だが少年の指さす先には、誰の姿も見られない。

いや。よく目を凝らしてみると、そこには陽炎のような空気の揺らぎがある。

空調の影響だろうか？　しかし揺蕩(たゆた)う焼香の煙に乱れはない。

少年はその誰の姿も見られない空間に向かって、手を振って見せた。

その瞬間、綺麗な白線を描いていた焼香の煙が歪み、その後、数秒の間霧散した。

少年の話によれば、その陽炎の立ち上る場所には少年の目にしか見ることができない人物が立っており、その人物が身振りで焼香の作法を教えてくれたのだという。

今、焼香の煙が乱れたのは、その人物がこちらの動きを真似て、手を振り返したからだと少年は言う。

この少年だけにしか見えない人物は、いつも真っ白い外套を身に纏った、まるでてるてる坊主のような格好をしており、目鼻口のないその顔には、ただ夥しい数の横皺だけが存在している——とのこと。

「今、こっち見て笑っているよ」

——目も鼻も口もないというのなら、どのようにしてこちらを見て、どのようにして笑っているのだろうか？

いずれにしても、そのような人物を目の前にしながら、平然としていられるこの少年もまた、兄や父親と比肩するくらいに、将来大成するに違いない。

# 物置場より

松井さんの話。

松井さんは小さな清掃請負会社で働いている。

会社の業績は好調で、少し前に事務所をより大きなビル内へと移転したばかりだとのことなのだが——。

「外部の人が聞いて怖いと感じるかは微妙なところなんですが……。移転前の古いうちのオフィス内で少し妙な出来事があったんですね」

とある駅の商店街の外れに建つ古い雑居ビル。その一階に松井さん達がかつて勤めていた事務所があった。

社長からアルバイト、パートまでの、全社員が収まる殆ど仕切りのないワンフロア。

そんな事務所の入り口付近の一角に、会社の備品やら使わなくなった機材やらが保管されている、簡素な衝立(ついたて)で仕切られた細長の空間が存在した。

段ボール箱が天井近くにまで積まれ埋め尽くされたその空間には、痩身の人間が身体を横向きにして漸く入り込める隙間くらいしかない。

「広さは大体六畳間ほどですかね。とにかく荷物がぎゅうぎゅうに詰まっている状態でした。よく使う備品なんかは手前なんかに積んでおいてすぐ取り出せるようになっていましたが、たまに古い機具やパーツが必要になったりすると、手前の段ボールから順繰りに外に引っぱり出さないといけなかったので苦労するんです」

そんな荷物ばかりの一角から、それは恐らく女性のものであろう、さめざめとすすり泣く声が聞こえてくるようになったのだという。

始まりは事務所の移転のおよそ二カ月前。

当時、一番物置場近くに座席があった事務の女性社員が、その〈女性の泣く声〉を聞きつけ、不思議に思いながら衝立の向こうを覗き見た。

しかしそこには誰もいなかった。いや、覗き見る前よりそこに誰もいるはずがないことをその女性社員は承知していたのだ。

誰かしらこの物置場に立ち入るとなれば必然、この女性社員のすぐ脇を通り抜けることとなり、否が応でもその人物と顔を合わせることになる。

万が一にもそういった人の出入りを見逃した場合でも、前述の通りの狭小の空間であるため、薄い衝立一枚を挟んだ向こうの人の気配に気付かないはずがないのである。

他にその泣き声を耳にした者がいなければ、それは聞き違い、もしくは空耳の類と周囲の人間に一笑されていたことだろう。

しかしその日を境に、物置場から漏れ出る泣き声を耳にしたという社員がぽつぽつと現れ始めたのである。

「気味が悪いとは誰しもが思っていましたが、ごくたまに泣き声がするってこと以外に実害はありませんでしたから。どうせもうすぐ事務所は移転するんだからと、これといった対処もしないまま放置していたんです」

そして事務所移転の日が迫り、今ある備品等々を新しい事務所に少しずつ運び出す作業が始まった。

「当然、その物置場の荷物も移動させることになったんですが……その際に実はちょっとした騒ぎが起こりまして」

衝立をどかし、さてそれでは積まれた段ボール箱を移動させようかと、一人の男性社員が高く積まれている一番上の段ボールを下ろそうとした。とその際、段ボール箱を抱えた男性は、「うわっ！」と悲鳴に近い声を上げた。

抱え上げた段ボール箱の上に、毛髪が束になったものが置かれていたのだという。

「数百本ほどの髪の毛に、数十本ほどの別の長い髪の毛が絡み巻き付いて縛ってあるんです。しかもその束だけでなくって、段ボール箱の口を塞いでいるガムテープの合間にも何本も挟まっていたりしました」

よくよく見れば、その箱だけでなく他に積んであった段ボール箱の合間合間にも、長い毛髪が挟まっていた。

その場にいた女性社員達の口々から悲鳴が上がる。

男性社員達も悲鳴こそ上げはしないものの、まくり上げたワイシャツから覗く腕を揃って粟立たせている。

とはいえ、毛髪のためだけに移転作業を中断する訳にはいかない。

得も言われぬ嫌悪感を抱きながらも、社員総出で毛髪を払いのけ、又は引き抜いたりしながら物置場の荷物の移動を何とか完遂させた。

そうして何もなくなった物置場の床には、まるで散髪屋の床かと見紛うくらいの大量の毛髪だけが残った。

「かき集めたら四十五リットルのゴミ袋がぱんぱんになってしまいました。あれはとても人一人分の髪の毛の量とは思えません」

その大量の毛髪を捨てようとしていたところに、会社の社長がやってきて自ら処分すると言い出した。

——そのままゴミ箱に捨てるのもアレだろう。私がお炊き上げにでも持っていくから。

後顧の憂いなく移転作業を済ませたいという思いがあったのだろう。社長はそれらかき集めた毛髪を車に積み込み、近くの神社に持ち込み処分を頼んだ。

「事の原因と思しき大量の髪の毛がなくなったのだから、これで一応全ては片付いたとみんなホッとしていましたね。これでもうあの泣き声も聞こえてくることもないだろうと」

ところが——。

明くる日のこと。

朝一番に出勤した社員が、何も置かれていない物置場の床を目にして震え上がった。

「また髪の毛ですよ。昨日ほどの量ではなかったんですが、それでも結構な量の黒くて長い毛が床の上に散乱しているんです」

中には床に敷き詰められたコンポジションタイルの隙間にも入り込んでいるものもあり、まるで毛髪が床下から生え伸びたような状態となっていたらしい。

「それまで何とか冷静さを保ち続けていた社員達もここに来て大騒ぎになりました。朝一番にきてその髪の毛を最初に見た社員というのは女子だったんですが、その子なんかはよっぽど気味が悪かったのか、気分を悪くしてその日は早退してしまう始末で……」

何人かの社員達が前日に続き、またしても箒（ほうき）で毛髪をかき集める。

前日に毛髪を神社に持ち込んだ社長も、もうそのようなことをしても効果がないと悟ったのか、今回は普通に可燃ゴミとして処分するよう指示をする。

「それからは毎朝出社して物置場の床の上を見てみると、必ず毛が落ちてるようになりました。原因が何なのかみんな気になって、その場に保管していた備品の中に曰くのありそうなものがないか、段ボールを一つ一つ開けて確認してみたんですが、全くそれらしきものは見当たらず不振に終わりました」

とするならば、松井さんの清掃会社が入る以前にこのフロアこの区画で、何か忌まわしい事故でもあったのではないのだろうか？

「そう思い至って、私、この物件を紹介してくれた仲介会社に連絡入れて訊いてみたんですよ。で、どうやら我々の前は、上の階と合わせての二フロアを借り上げて、介護機器リース関連の会社の倉庫みたいな使い方をされていたってことが分かったんです」

しかし、別段、事故や問題があったという話は出てこなかった。

「でも、一点。その会社、僅か半年足らずで、他所へと移ってしまったということが判明しました」

業績不振に陥っての撤退だったのか？　それとも元々、短期的な契約であったのだろうか？

「特に経営難に陥ったとか、一時的な使用であったというようなことではなかったそうですよ。ただただ急に契約を打ち切りたいとの申し出があったとのことで」

些か不可解ではあるが、今回、松井さんが直面した出来事とはあまり関連はなさそうである。

となると保管していた荷物のほうにも、この事務所自体にも、これといった原因のようなものは見られないということになる。

——結局、松井さん他、清掃会社社員一同はこの件に関して何の答えも得られないままに新たな事務所へと移転した。

「言葉の使い方がこういう場合に正しいのかどうか微妙なとこなんですが、何とも後ろ髪を引かれる思いでしたよ……髪の毛のことだけに」

毛髪のこともそうだが、女性の泣き声のことも全くの原因不明の宙ぶらりんのまま。何もかもが未解決のままに、現在に至っている——とのことであったのだが。

最近になり、ひょっとしたら……という、ある一つの情報を松井さんは入手されていた。

「いや、たまたま新規で付き合いのできた方が、数年前まで私達の以前の事務所のあった街で長いこと暮らしていたのだそうで。で、その方から色々と話を聞けたんですよ」

その人物の話によれば、かつて——およそ六、七年ほど前になるだろうか——松井さんらの清掃会社の事務所があったあの場所が、とある市議会選挙候補者の選挙事務所として使用されていた時期があったのだという。

その選挙期間中、支援者の一人の中年女性がちょっとした騒ぎを引き起こした。

「丁度、具合の良い供物をそこの路上で見つけまして」

ある日の午後。そう喚きながら選挙事務所内に突如立ち入ってきたこの女性が掲げて見せたのは、血に塗れた仔猫の死骸であった。

そして女性はこれから願掛けを始める、と言い出し、胸元辺りまで伸びた自身の黒い毛髪を、鋏(はさみ)でざくざくと切り落とし始めた。

聞けば、元から多少精神に問題を抱えていた女性であったという。

更に女性は、それら仔猫の死骸と、切り離された結構な量の毛髪、加えてハンドバッグから取り出した粗塩をスーパーの白いビニール袋の中へと全て放り込み、その口を固く結んで、袋の上からぎゅっぎゅっと力を込めて強く揉み始めたのである。

薄いビニール越しに見える中のものが、次第に赤黒く変色していくのが見て取れる。

「こうやってよおく混ぜてから、神様に捧げるの」

その後、女性は揉みしだいたビニールに鋏を入れ、事務所内に設置された神棚の真下へとその中身をぶちまける。そして、そのまま床の上で座を正し、手を合わせながらぶつぶつと何事かを口の中で唱え始めた。

——時間にして十数分間に及んだこの奇行を、周囲にいた人間は、どう対処したらよいのかも分からず、ただただ呆然と見守り続けていたのだという。

この中年女性はこの後、後援者名簿から除名され、以後は何処かの病院だか施設だかに入れられた。

事務所から連れ出される際に、女性は憑き物が落ちたかのように大人しくなっており、震えるように涙していたそうである。それはさながら双極性障害者を思わせる豹変振りであったと聞く。

尚、この願掛けは選挙には何の効果ももたらさなかったようで、市議会選にここの候補者は落選してしまっている。

「……で、どうやらですね、その女性がその、儀式みたいなことをした場所、つまりは神棚のあった場所というのが、私どもが物置場として使っていた辺りのようで」

この情報もまた、松井さんの事務所内で起こった怪異と直接に繋がりのある出来事なのかは、正直なところ判断が付かない。

ただこれも一つの可能性であると見なし、関連事項としてこうして話の最後に付け加えさせて頂いた次第である。

# そういうのじゃない

自衛隊の駐屯地や基地は、旧日本軍の跡地をそのまま引き継いでいるものが多い。もちろん、中には自衛隊以外の役所が継承しているケースもある。

例えば〈ニイタカヤマノボレ〉を発信した埼玉県行田市の帝国海軍の無線所の跡地には税務大学校東京研修所があり、ここはここで隊列を組んで行進する中隊規模の日本兵の霊の行進が目撃されたりしている。

自衛隊が旧軍の敷地を継承した場合、旧軍時代に建てられた営舎などをそのまま利用し続けるケースが多いと聞く。

億単位の防衛予算の話を聞く機会が多いので、さぞや予算も潤沢なのだろうと思っていたら、予備自衛官の友人に「そういうのは最新武器、兵器などの装備品の話で、施設や消耗品に関してはホント金が回ってこないんだよ」とぼやかれた。

故に、昔の営舎などは、本当にどうにもならなくなるまで使い続けることになる。隊員達はそんな施設に常駐しているものだから、歴史の闇に隠れた血みどろの伝説だの、よく分からないがとにかくゲンが悪いだのという噂も立ちやすい。

北海道の自衛官の友人に「何か怖い話ない？」と訊ねたら「あるよ！」と返答があった。

「弾薬庫で小銃自殺した奴がいたんだよ。もちろん、実弾でさあ」

——いや、そういう怖い話は求めてないんだよ、怖いけどそういうんじゃないんだよ。


気を取り直して、鏑木さんが任務に就いていた九州は小郡駐屯地の話。

駐屯地内に自衛官のための自動車教習所が併設されており、車教の隊員が敷地の一角にある祠を管理している。駐屯地の近隣には大原古戦場を始めとする古い戦の跡地が散在しているのだが、訓練所を増設した際に現場から人骨が出てきた。そこで、古き武士(もののふ)の鎮魂をということで、施設内に祠を建てて祀っているのだという。

「これ、業務として管理しないと駄目なんですよ」

当時は主に自衛隊生徒が担当していたのだそうで、業務内容は祠の盃の水替えや祠の清掃など。

教官から「サボると祟られっぞ」と脅しつけられているのだが、実際に舐めてかかってサボると、身体の一部分が腫れたり謎の高熱に見舞われたりする。しかも再現率百パーセントである。

ある晩のこと。鏑木さんは一日の業務を終え、営内の居室で横になっていた。

デスクワークもあるが基本は訓練など日々身体を使う仕事であるので、寝台に入ると皆寝付きは早い。横になるのと眠りに就くのがほぼ同時、くらいの寝付きの良さである。

寝返りを打ったその拍子に、背中に激しい衝撃が走った。

まるで全力疾走してきた馬に踏まれたかのような打突である。

激痛に呼吸が止まり、んがっ、とも声が出ない。

身体を捻ると、鏑木さんの背中の上で堂々たる体躯の馬が蹄を蹴立てている。

鐙と具足がチラリと見えた、気がする。

「まあね、よくあるんですよ。うちの駐屯地、古戦場跡にある訳ですからね」

どうも古戦場で落命した者達が出ているようで、とにかく隊内では「落ち武者」「武士」の目撃談が多い。

土地柄、侍を先祖に持つ自衛官もおり、そういった祖先の霊が子孫の元に現れているということらしい。

「これがね、大将なんかの霊が子孫の夢枕に立つんですよ。あっ、もう少し詳しい情報要りますか？」

お願いします、と伝えて連絡を待っていたのだが、待てど暮らせど返事が来ないので、どうしたものかと思っていたら、彼との連絡の手掛かりであったＳＮＳのアカウントが凍結されてしまっていた。

——いや、そういう怖い話は求めてないんだよ。怖いけどそういうんじゃないんだよ。

でもだがしかし。

もしや、これも祟りの片鱗か。

# 駐屯地

菜々子さんは関東地方のとある陸上自衛隊駐屯地の、敷地の中にある食堂でアルバイトをしていた。その店は夜は関係者向けの居酒屋になる。彼女は居酒屋になる夕方の五時から夜の十時まで働いており、家からは原付で通勤していた。

彼女が仕事にも慣れ、職場や隊員の人達とも仲良くなり始めた頃の話である。

その店に若い隊員のグループが飲みに来た。注文を受けてサワーやチューハイを作っていると、テーブルから声が聞こえてきた。

「やっぱりここはお化け出るよね！」

隊員達のそんな言葉に菜々子さんは興味を掻き立てられて、聞き耳を立てながら仕事を続けた。

漏れ聞こえてくる話の大半は、演習場には足だけの人が歩いているとか、構内には首なしライダーや、ボロボロの姿の人が出るとか、他にも宿舎に色んな人が出たり物音がするといった、いかにもありがちな怪談話だった。

警衛勤務中に怪奇現象を見たり体験したという、落ちも付かない話がグループの中でとりとめもなく繰り返される。

「ほら、ここ米軍基地の跡だからな」

隊員の一人がそう言った。誰もその話を否定しないし馬鹿にすることもない。そういう不思議なことはあるものなのだと皆が納得しているのが分かる。

しかし、菜々子さんも仕事の合間に興味本位で聞き耳を立てていただけなので、その話は仕事が終わるとすぐに忘れてしまった。


数日経ったある日、いつも通り仕事を終えて店を閉め、原付で門へ向かって走っていると、敷地の左手側から一台のオートバイが大きな音を上げながら走ってきた。マフラー音からしても改造していることがすぐに分かる。敷地内は公道ではないため、ナンバーを取らない車両でも走ることができる。隊員の中にオートバイの改造を趣味としている人でもいるのだろうか。

しかし、隊員達の門限は夜の十時である。菜々子さんは不審に思いながらも、基地内であることと、オートバイに乗っているのは隊員だという安心感で、特に気にもせずに進んでいった。

暫くして十字路まで来ると、先程のオートバイも丁度交差点に差し掛かったところだった。想像していたよりも大きい。彼氏が乗っているので見慣れているハーレーより二回りは大きい。菜々子さんが一時停止すると、それは彼女の前をゆっくり通過していった。

菜々子さんが跨がっているのはどんな隊員なのだろうと顔を見ようとしたが、乗ってる人の肩から上にあるはずの頭がなかった。

これは何だろう。何か新しい装備の効果か何かだろうか。

だが見返しても首から上には何もない。向こう側の街路樹の影が見えるばかりである。

何が起きているのか分からない。菜々子さんは一目散に門へ向かって、原付をフルスロットルで走らせた。そのエンジン音に甲高いエキゾーストが近づいてくる。ミラーに目をやると、先程の巨大なオートバイがすぐ後ろまで迫ってきていた。

夢中で原付を飛ばし、何とか門まで辿り着いて入管票を返したときには、もうオートバイの姿はなかった。

あれが先日隊員の話していた首なしライダーなのか。そうなると、他の噂も真実なのだろうか。

首なしライダーとの遭遇から一週間が経ち、忙しさにそんなことも忘れてしまった。

その日は雨だったため、原付ではなく公共機関で出勤した。

仕事を終えて門まで歩く。店からは広い敷地を二十分ほども歩かねばならない。誰もいない暗い構内をとぼとぼと歩いていく。

暫く歩いていると、水を跳ねる足音がした。

珍しい。誰かお偉いさんでも外に飲みに行くのだろうか。

特に気にすることもなくそのまま歩いていくと、足音が次第に近づいてきた。すぐ後ろで水を跳ねる音が聞こえる。後ろを歩かれるのは嫌だったので、立ち止まって振り返った。

するとそこに背の高い白人の男性が立っていた。

基地では日本人以外もよく見かける。菜々子さんは特に気にせずに軽く会釈をし、そのまま振り返って先を急ごうとした。すると男性は英語で何か話しかけてきた。再び振り返ると、同じ人物なのは確かだが、今度は顔が血塗れである。片腕も肘から下がない。

息を飲むと、その人物は残った腕で菜々子さんの腕を掴んだ。

ぷんと嫌な臭いが鼻を衝いた。

彼女はバランスを崩して転びそうになったが、必死に腕を振り払い門まで走った。

門で守衛さんに今起きたことを伝えようかとも思ったが、伝えたところで信じてもらえるかどうか不安だった。彼女はそのまま帰宅した。

シャワーを浴びようと洋服を脱ぐと、腕には真っ赤な手形のアザが付いていた。

その夜から高熱が止まず、仕事を三日休むはめになった。


次に出勤したときに、白人の幽霊に腕を掴まれたという話をすると、店長は何とも言えない表情をして、ここではよくあるから気を付けて、とだけ言った。


事実、アルバイトを辞めるまでの一年間に同じようなことは何度も繰り返された。

菜々子さんは、自分が基地の怪談の体験者になってしまったことが不本意だった。

様々な体験は、あの夜、隊員の一人が噂していたように、そこが元米軍キャンプ地だったことも関係あるのかもしれない。そう思っているが、それから何年も経ってしまった今となっては、真相など確かめようもない。

# 地雷

私の通っていた専門学校に原さんという先輩がいた。

今回、その原さんのお兄さんからこんな話を聞くことができた。

先輩のお兄さんは現在は警察官だが、以前は自衛官だったという。

お兄さんの名前は正明さんといい、背はそれほど高くないものの、がっしりとした体格を持ち、会話中に大きな声でよく笑う明るい男性だった。

正明さんは高校を卒業すると、単純に強い男になりたいという理由で自衛隊に入った。

そしてある訓練中から始まったこの話を語ってくれた。


その訓練とは対人地雷の撤去作業だった。

地雷探査機などの装置が使えない状況の中、地雷原に遭遇したという想定で地雷を一つ一つ手作業で掘り起こしていく訓練だ。

地面に対して俯せになり、模擬の地雷が埋まっている場所にヘラに似た専用の金具を差し込んで地雷の有無を確認。

その後、慎重に慎重を重ねて地雷を掘り起こしていく。

かなりの手間と時間が掛かる効率の悪い撤去方法だが、指先一つの間違いで死が待っている戦場では仕方のないことだろうと正明さんは語る。

実際の戦場では陰湿なことに、地雷の下にもう一つ地雷が埋まっていることもあるらしく、油断して上を掘り出すと下の奴が爆発する例もあるという。

訓練でもランダムで複数重なった模擬地雷が設置してあった。

もちろん模擬だから実際に爆発することはないが、隊員がちょっとでも危うい地雷の掘り出し方や扱いをすると、教官から厳しい罵声とともに、

「お前の頭は今、吹っ飛んだ‼」とか「この規模の爆発なら死体が辺りに何体転がると思っている？」などと物騒極まりない話を聞く羽目になる。

正明さんも何度も怒鳴られ、俯せのまま尻を蹴とばされながら、金具を地面に挿し込んで地雷を探す日々を送った。

座学では地雷で身体の一部を失った人々の写真を嫌というほど見せられた。

「俺もいつかは本物を掘り起こすときが来るのか？」

そう考えると鼻先から冷や汗が落ち、金具を持つ手が震えた。

「阿部、何をぶつぶつ言っている⁉」

そんなとき、また教官の鋭い叱責が飛んだ
注意されたのは正明さんの隣で訓練をしていた阿部という男だった。

しかし阿部は教官を無視して俯せのまま手を動かさず、地面に向かって何やらずっと話しかけているようだった。

「いいよ、今度はうちに来なよ」「僕は一人っ子、両親は実家で健在だ」

その顔はとても穏やか、まるで親しい友人や恋人と会話しているかのようだった。

阿部は正明さんと同期入隊した男で、ひょろりと背が高く痩せており、物静かであまり自分からは話さないタイプだった。

それでも高校時代はバスケ部で結構活躍したらしく、外見とは裏腹に体力も根性も備わっている男だった。

阿部と正明さんは性格的に正反対のようだったが不思議と馬が合い、休暇のときはよく一緒に飲みに行く仲だった。

「おい阿部、地面に向かって何喋ってんだ?」

心配になった正明さんが阿部に小声で囁(ささや)いた。

それに対して何も応えない阿部は、先程までの穏やかな笑顔は消え、口元からヨダレを垂らし、目が泳いでいる。

「阿部、いい加減にしろ！」

怒った教官が阿部に襟首を掴むと彼を強引に立ち上がらせた。

すると阿部は我に返ったようだったが、睨みつける教官を大して気にもせず、不思議そうに辺りを見回して言った。

「私は……ここで何をしていたのですか？」

その様子を見た教官は怒る気も失せたようで、「今日はもういい」と阿部の背中をドンッと押して彼を寮に帰らせた。

「阿部の野郎、何がどうなっているんだ？」

正明さんは心配しながら自分の訓練を続けた。


「阿部の奴、もうダメかもしれん」

訓練を終えて寮に帰った正明さん達に教官がそう言った。

阿部は帰ってからずっと魂が抜けたように呆けてしまい、医務室で寝ているらしい。

「以前にも何人かいたな、地雷撤去の訓練中にああなった奴が……」

教官はそれ以上語らずに去っていった。

就寝時間前になって、阿部は異常なしと診断されて正明さん達の部屋に帰ってきた。

心配していた正明さんが一番に話しかけた。

「悪かった、自分でも何が何だかさっぱり分からない。訓練中の記憶がないんだよ」

阿部は申し訳なさそうに正明さんや他の仲間達に謝った。


一週間後、阿部は除隊した。

あの日以来、阿部は訓練にも参加せずに医務室でボーッとしていることが多くなり、これ以上は自衛官としてやっていくのは無理だろうと医師から判断された。

除隊までの間、阿部を心配した正明さんは彼に何度も話しかけたが、虚ろな目で曖昧な返事をするだけだった。

そして除隊後もメールや電話をしてみたが、いずれも返信返答はなかった。

「結構ガッツのある奴だと思っていたのになぁ……」

阿部が除隊してから一カ月ほど過ぎたある日、正明さんに彼からメールが来た。

メールでは本人は元気そうで、「今度、実家に遊びに来いよ」という内容だった。

正明さんはとりあえず安心し、「次の休暇にでもお邪魔する」と返信した。

数日後、正明さんは寮から電車で一時間ほど乗った所にある、阿部の実家を訪ねた。

「原、よく来てくれたなぁ」

大きな日本家屋の玄関から、阿部が笑顔で出迎えてくれた。

その顔は自衛隊にいたときよりも血色が良く、少し太ったように見えた。

「阿部、もう体調はいいのか？」

正明さんは心配して訊いたが阿部は、「まずは上がれよ」と中へと招いた。


広い茶の間に案内された正明さんは、阿部の持ってきたビールとつまみで乾杯をした。

「さぁ、久しぶりにどんどん飲もうぜ」

阿部はかなり上機嫌だった。

「大きくて立派な家だな、実はお前ボンボンだったのか？」

家の中を見回しながら正明さんは言った。

庭側の雨戸は何故か閉まったままで、外の様子を見ることはできなかった。

「少し広いだけで、もうオンボロさ。リフォームするにも金がない」

阿部と正明さんは暫くビールを酌み交わしながら、他愛のない会話をした。

正明さんは内心、地雷の撤去訓練中、阿部の身に何が起きたのかどうしても訊きたくてウズウズしていた。

しかし、以前はあまり見せたことのない、阿部のやたら明るい笑顔を見ているとなかなかその話を切り出せなかった。

「そういえば阿部は御両親と暮らしているんだよな。今日はいないのか？」

飲み続けているうちに時刻は夕方を過ぎていた。

「いや、いるよ」

阿部はおもむろに立ち上がると、閉まっていた雨戸を開けた。

広い庭が現れた。

薄暗い庭に二人の人影があった。

高齢の男女。

二人とも、俯せだった。

「俺の両親だよ、ハハッ」

阿部はニコニコしながら、庭で地面に張り付いている自分の両親を紹介した。

両親は二人とも、虚ろな目でヨダレを垂らしながら、地面に向かって延々とぶつぶつ話しかけている。

そんな状態でも阿部とその両親達の顔は、笑みに満ち溢れて幸せそうだった。

正明さんの酔いが一気に醒めた。

「阿部……お前の御両親達は何をしているんだ？」

　庭の様子を見た正明さんは驚いてその場から立ち上がり、阿部に訊ねた。

「〇〇〇様と話している。楽しいぞ」

　正明さんは、〇〇〇の部分はよく聞き取れなかったという。

「お前もどうだ？　原よ。あの方のお話は、とても良い……」

　阿部も虚ろな目でヨダレを垂らしながら庭のほうを指さした。

　正明さんは荷物を取ると、一目散に玄関へと向かい外に逃げた。


　その後、正明さんの携帯に阿部から彼の実家へと誘うメールが何度も来た。

　暫く無視しているうちにそんなメールも途絶えた。

　そして数年後に正明さんも自ら除隊した。

「阿部とその両親の変貌の原因は未だ分からない。ただ阿部や両親達が俯せで会話しているというナントカ様の名前、きちんと聞き取れなかったはずなのに、耳に入ったときは何故か全身に悪寒が走ったよ……」

　正明さんは当時のことを思い出したのか少し震えながら話を終えた。

# 赤い光

自衛隊の訓練には、夜間行軍訓練で何日か山の中に入るものがある。

訓練日程は厳しく定められており、少しでも遅れると叱責されるという。

しかし山田さんは自衛官時代に、この訓練自体が中止になり、全員撤収になったという場面に遭遇したことがある。


そのときは、幾つかのチームに分けられ、目的地にまで移動しながら他のチームを捕捉せよと告げられた。

他のチームから捕捉されないように、しかも決められた時刻に間に合うように目的地まで到達しなくてはならない。追う側になるか追われる側になるか分からない。緊張感のある訓練だった。

その開始直前になって一人の隊員が隊長に報告した。

「山中に明かりがあります」

「ちょっと待て。何処の隊だ」

夜間の山中訓練では明かりを点けない。実戦では明かりを点けた時点で的になるからだ。従って、この時点で自衛隊とは違う組織か、山歩きの個人か、それとも別の何かということになる。

隊長以下数名が、報告のあった山中の光を観察した。赤い薄暗い光だ。装備品にレッドライトはない。

「やばいな。報告入れておくか」

隊長が無線機で本部に連絡を取った。

「赤い明かりが点きました。はい。○○のポイントです。あ、今消えました」

光はすうっと小さくなって消えた。あたかも山の奥へと遠ざかったように見えた。

無線機を置いた隊長は指示を出した。

「迅速に撤収だ。すぐにここを離れるぞ。訓練は続行不可能だ。引き揚げる」

帰りのトラックの中で、山田さんの同僚が、隊長に撤収の理由を訊ねた。あまりに不自然だからだ。

しかし、隊長の返答も、要領を得ないものだった。

「とにかくこの山では、赤い光が出たら訓練中止になるんだ。時期的に出ないと思っていたんだがなぁ。今年はダメだったな。この時期でも出るかぁ」

　中止しないとどうなるのかと訊ねると、少し黙った後に、隊長は言った。

「実際のところは俺もよく知らないんだけどな。あの光を発見したらすぐに山を降りないといけないんだ。無視して訓練を強行すると、山に連れていかれる。隊員が必ず殉職することになるから引き揚げろって、申し送り事項になっているんだ」

# 鬼火

田宮さんは、消防官として地元の消防署に勤務していた。

実家のある生まれ故郷の街は、郊外には田園の広がる小さな地方都市の、その北端部分である。海が近く、風情としては漁師町に近かった。

父親も元消防官で、その影響を多々受けての職業選択だったが、性に合っていたのでそのことに頓着はなく、結婚してからは二世代住宅を建てて、親子共々同じ敷地で問題なく暮らしていた。

だが、一昨年のこと。母親が癌を患い、見る見る衰弱して他界するという悲痛な出来事があった。そして、葬儀や一連の仏事が済んで暫くすると、まだ定年退職したばかりの父親の様子が、やや変調を来してきた。

極端ではないのだが、日常でのもの忘れが目立つ。読書が趣味で、本屋へよく行くのだが、同じ本を何度も買ってきたりしているようだった。

そして、本人も何かのきっかけで自覚したのか、「一度病院へ行くべきかな」と相談があった。

近隣の病院のもの忘れ外来を受診し、やはり恐れていた通り認知症の初期だと診断された。

暫く気落ちしていた風だったが、処方された予防薬を服用しながら、最近では庭に野菜畑を作ったり、色々と新しいことをして、自分なりに呆け防止に努めているようだった。

田宮さんの仕事は二十四時間制なので、家を空ける時間帯が長い。その間、家は父親と妻、それと小学生の子供二人という状態になるので、不安はあったが、しかし何事かの問題が起こったという話は、まだ妻からは聞かされていなかった。


田宮さんの勤務地は、家から車で二十分くらいの場所にある。

その日は火災出場はなかったが、仮眠に失敗して完全に睡眠不足の状態で帰宅した。

八時半までの勤務なので九時過ぎには帰宅したはずだ。が、ぼんやりしたまま風呂にも入らず、すぐに自分のベッドで寝入ってしまったので、正確なところは分からない。

二人の子供は学校へ行っており、妻もその送迎のついでにいつもこの時間帯に買い物をしてくるので家にいなかった。

父親は誘われて入った町内会のペタンクのサークルに通っており、大抵近頃は午前中は不在である。

夏掛けにくるまって酷く甘い眠りを貪っていると、唐突に玄関のインターホンが鳴った。

仕事柄電子音には敏感なので、すぐに跳ね起きてしまい、反射的に腕時計を見た。

まだ、十時半を過ぎたばかりだった。

思わず舌打ちをして、何かの勧誘とかセールスだったら只じゃ置かないぞと、鼻息荒くパジャマの下だけ穿いて玄関に向かった。

ドアを開けると、旧知の顔が微笑んでいた。田宮家も数代前からの土地っ子なのだが、もっと古い地下の家の人。

しかも、田宮さんが最も頭の上がらない人なのであった。

猿渡さんという老婦人で、田宮さんの家の畑スペースを挟んだ場所に建っている旧家の住人である。

それこそ、何かに付けお世話になっている。……と、言うべきか、幼児期に溝にはまって雨水で溺れかけたところを発見してもらったことがあるので、まごうことなき命の恩人でもある人物なのだった。

「圭一さんは、いらっしゃる？」

いつもの上品な物腰で、猿渡さんはそう訊いた。圭一というのは、田宮さんの父親のことである。

「あ、いえ、生憎不在にしております。……公園で、ペタンクをやっているんじゃないかと」

「あ、そういえばそう聞いておりましたわ。……これ、この間の茄子のお返しと伝えておいて下さい」

そう言って、竹細工の腰籠を手渡された。中に一杯濃緑色の葉野菜が入っているようだったが、よく見ると予想外にもハーブの類だった。

「バ……ジルですか」

「今が、旬ですよ。バジルソースを作りたいから分けてくれと」

「……親父がですか？」

「新しいことをしないといけないんですって」

そう心がけていたのは知っていたが……バジル？　確かジェノベーゼとかは嫌いだと言っていたような気がするのだが。

和食党で、演歌しか聴かないし歌わないような典型的な頑固親父でも、ペタンクもそうだが歳を取ってから、こんなにどんどん変われるものなのかと少し考え込まされた。

「私も、新しいことをしないといけないのかも」猿渡さんは、そう言って、

「ペタンクって、面白いのかしらねえ？　私もやってみようかしら」

ボールの投擲の真似をすると、

「それじゃあね」と、挨拶をして帰っていった。

……あんな、茶目っ気のある人だったっけ？

田宮さんは、呆気に取られた後、何とも言えない違和感を感じていた。

……あの人は、昔から躾けに厳しくて、茶道の講師としてあちこち学校にも行って、子供に礼儀作法と道徳を啓蒙する怖い人だと思っていたのだが。

……それに。

最大の違和感の原因に思い至った。

……先月に、葬式を出したばかりじゃないか……あの家は。


疲れは全く抜けていないのだが、眠気が中途半端にしか来ない状態になってしまった。

これはもうアルコールの力を借りるしかないと思い、常に父親が冷やしている瓶ビールを失敬して、一階のリビングでちびちびとやりだした。

本来親夫婦のためのリビングは庭に面しており、畑からの風が入ってくる。今日は湿気がなく幾分涼やかだった。

田宮さんはスライドサッシを開け放って、縁側に座りぼんやりと外を眺めた。

縁側の向こうには少し段が下がって、八畝ほど家庭菜園サイズの畑が作ってある。

手入れは行き届いており、キュウリや茄子、トマト、ピーマン等定番の夏野菜がたわわに色づいていた。

その先に斜めに水抜きの溝が走り、また一段下がって田宮家の敷地である空き地があった。左右に住宅ができてしまい、ブロック塀で囲われてしまっているため、狭い抜け道はあるものの現状利用価値がないままだった。

そのうち坂を付けて駐車場にしようかとも思うのだが、畑があるうちにはそれはしないつもりだった。

突き当たりは、低い生け垣を巡らせた猿渡さんの家だった。こちらも縁側付きの廊下から戸を開け放てる構造のため、丁度田宮家の縁側から中の一部が見える。

そこは仏間で、畳の上に敷いてある緞子(どんす)の仏前座布団と、豪勢な仏壇の下部。飾られた菊の花と白い百合の花束などが、遠目にもはっきりと窺(うかが)えるのだった。

確か、一番下の妹さんだったか……。

田宮さんとも面識があるはずだが、よほど幼いときだったのか全く記憶にはない人だった。

何でも、若い頃に男と家出同然に飛び出したっきりだったのだが、保険会社から法定相続人確認の連絡が来て、三十年振りくらいに居場所が分かったのだそうだ。

そこは他県の病院で、既に本人は脳出血で意識不明の状態だったとのこと。

家を出る前に資格を得ていた看護師として地方都市を転々としていたようだったが、生活状況は不明。男とは別れたのか家庭も持っておらず、連絡先は携帯電話その他にも、殆ど有用なデータがなかったとのことだった。

そして数日後には亡くなり、遺体は猿渡さんが引き取った……。

不憫な話ではあったので、よしみから参列者の少ないであろうその葬儀には一家総出で参加したのだった。

「珍しく昼間からやっとるのか」

庭のほうから、父親が帰ってきた。

「冷蔵庫の、失敬してるよ。……飲む？」

ペタンクのボール（プール）の入っている、ずっしりとしたバッグを縁側に置き、

「飲まいでか。脱水状態だ」と、返された。

並んで縁側に座って飲んでいると、バジルの件を皮切りに、自然と猿渡さんの話になった。

「ペタンクを始めたいと言ってたぜ」

「ほう……？　そりゃあ、気晴らしにいいかもしれん」

「気晴らし？」

「……あの家は、だだっ広いが、一人暮らしじゃどう考えても気が塞ぐだろう」

「誰か親戚とかいないのかな。十分住めるし、流行の古民家風で欲しがる人もいそうだけど。同居してくれるような人は……」

「いや……」

父親は、手の指を広げて一本ずつ折り始めた。

「あの人は五人姉妹の二番目だ。一番目は子供の頃病気で死んだ。……三番目は嫁に行ったが、最初のお産のときに子供共々……何があったのか、亡くなったと聞いた。四番目は嫁に行き、出戻ってきたが……」

それは知っていた。田宮さんもよく通る海岸沿いの道で、車の正面衝突事故を起こして亡くなっていた。

「五番目は、知っての通りだ。……皆、子供がいない」

「……旦那さんの兄弟の筋とか」

「それが、一人っ子だったんだ。それで婿入りした訳だが、そもそもそっちの両親は早死にしていて、実家というのはなかったらしい。その旦那も、もうとっくに亡くなって……ええと、そういやもう十三回忌だな」

「家族でハワイに行った年だっけか」

一応、数え直してみたが計算は合っていた。

そっちのほうは、まだまだしっかりしているようで安心したが、つまり、整理すると大家族だったはずの猿渡家には、もはやたった一人しか血筋が残っていないことになるのだと分かって、田宮さんは急にビールを苦く感じた。


次の日、例のバジルで作ったソースが出来上がったとかで、夕食には早速妻がそれでパスタジェノベーゼを作った。

恐る恐る食べてみると、香りが立っていてかなりうまい。ソースに混ぜ込まれたパルメザンチーズと松の実の風味も申し分なかった。

「お義父さんが、すり鉢で全部潰したんですって。大変だったでしょう」

「……まあ、包丁で大概刻んでからだがな」

そう言うとイタリア人みたいに、フォークの隙間にパスタを通して小さく巻き、上品に口に運んでいる。

今まで、うどんを啜(すす)るときでさえ野暮ったい印象しかなかったのに、何だかここに来て父親が妙なダンディさを身に付け始めた感じがして、田宮さんは首を捻った。

……認知症が、改善しているのだろうか？

そういうこともあり、平穏な日常が続いていたある夜のこと。

……そのとき、田宮さんは勤務中で、午前の二時前だった。通信業務の交代時間になり眠気覚ましに洗面所で顔を洗っていると、頭上のスピーカーからアナウンスが入り出動命令が出た。

反射的に自分のポンプ車に向かって駆け出したが、現場の住所を聞いて驚いた。

自宅のすぐ傍。見当を付けると……猿渡さんの家ではないかと思われた。

急行する車の中で地図を見ていたが、やはり猿渡さんの家だとしか思えなかった。夜陰を茜色に染めて、猿渡さんの家から、かなりの火の手が上がっているのがすぐに分かった。

一番激しく火炎の勢いが見られたのが母屋で、応援の消防車両とともに集中的に放水がなされた。当初、古い木造家屋のため火の回りが早く、近隣への延焼が心配されていた。

しかし、どういう訳か妙に手応えがなく、火災は早期に制圧局面に入った。

そして、屋根の乗ったまま、焼け焦げた壁と柱を残して、猿渡家の屋敷は謂わば内部だけ綺麗に火に舐められた状態で、鎮火したのである。

……猿渡さんは、寝室で布団に就寝した状態で発見された。……火炎に焼かれ、蒸し焼きになった状態ではあるが、全く苦しんだ様子もない。どうも、火災以前に死亡していたのではないかと思わされる、落ち着いた形相であった……。


それから一週間が過ぎた。

猿渡さんの血縁者、或いは法定相続人に当たる人物は全く現れず、遺体は自治体の手続きに基づいて荼毘(だび)に付された。遺骨は、その施設に保管されているはずである。

「……まあ、火災前に自然に亡くなっていたのなら苦しまずに済んだ訳だ。それだけは幸いだったな」

夕方、漸く薄暗さが降りてきた頃、田宮さん親子は再び縁側でビールを酌み交わしていた。

「で、火元は？　……やっぱり灯明か？」

「ああ、間違いない」

あの、ここから見えていた仏壇の灯明……蝋燭(ろうそく)の火が、何かに燃え移ったのだという現場検証の報告が出ていた。

その仏壇は、完全に火元だったのにも拘わらず、未だ黒々と焼け残った家の中に聳(そび)え立っていた。

建具や壁の一部が燃えて崩れ落ち、猿渡さんの家は骸骨さながらに中が丸見えになっていたが、特にその仏壇だけが目立つ。

田宮さんの視線の先には、紫檀（したん）だか何かの高級そうな大型仏壇の……その高熱で火膨れした異様な残骸が見えていた。

……気持ちが悪い。

ここから遠目に見ても薄気味悪いのだが、近くで見たときの印象を思い出した。

扉は焼け落ちていたが、仏壇の構造物……欄間（らんま）や長押（なげし）、枠や框（かまち）が融合し、折り重なった焼死体のように、その内部で炭塊になっていた。

……厭な連想をしてしまったな。

思わず頭を振って、ビールを手酌していると、不意に父親が妙なことを言った。

「……こりゃあ、鬼火が出るかもしれんなあ」

「鬼火？」

「……あ？　いや」

「鬼火って言ったろ？」

「……いや、聞いた話だがな。昔から署に伝わる……」

「へえ？　で？」

田宮さんは、そんなことは聞いたことがなかった。

「……」

「……？　何だよ？」

父親は口ごもり、何か呻吟（しんぎん）し始め、そして、

「凄く大事なことだったはずだが……今、突然忘れちまった」と、言った。

全く冗談などではないことが分かるその表情を見て、田宮さんは「来るべきときが来た」という暗然たる確信を感じた。

次の日辺りから、父親は夜間にやたらとトイレに通い始めた。殆ど不眠の状態で歩き回り、その上何度も水を流すので、二世代住宅とはいえ音が聞こえて堪ったものではなかった。

何故か、落ち着いていた認知症が急に進行したとしか思えなかった。妻と相談して、専門医に診てもらえるよう手配をし、勤務を交代して翌日には田宮さんも付き添って病院へ行くつもりであった。

入院も視野に入れていた。

だから、その日も我慢をしていたのだが、夜半に皿か何かが割れる音が響き、心配になっ

て田宮さんは様子を見に階下へと降りていった。

親夫婦のための区画へ入ったが、照明は殆ど消えており、どうした訳か人の気配もぱったりとしなくなっていた。

だがすぐに風を感じ、リビングのスライドサッシが開いているのを直感した。

——まさか、外に出ていった？

真っ青になってそちらに向かったが、案に相違して父親は開け放った縁側に仁王立ちし、じっと外を眺めているのであった。

「……何やってるんだよ」

縁側から中へ入れようとしたが、それは身振りで拒否された。

そして、無言で何かを指さす。

指の先を辿ると、焼け残った猿渡さんの家の、あの仏壇であった。外のＬＥＤの街灯の光が骨組みを通り抜けて、家の中まで照らしているのだった。

「ボール（ブール）、ボール（ブール）、ボール（ブール）」

まるで幼児のように父親が繰り返し言った。

ブール？　最初分からなかったが、ペタンクで使うあの金属球のことかと気が付いた。

「ボール（ブール）、ボール（ブール）、ボール（ブール）」また繰り返す。

「……何だよ、どうしちまったんだよ」

「ボール(フール)、ボール(フール)、ボール(フール)」

「情けないよ、やめてくれよ！」

喚こうとしたが、視線の先が再び仏壇のほうへ一瞬向いたとき、その中から銀色の球が転がり出るのを見た……ように思った。

「えっ？」

呆気に取られて、怒りが何処かへ吹き飛んでしまった。

そして、すぐに仏壇のあちこちが灼熱するかのように燻(くすぶ)り出し、まるでコンロに火が付くように内部にボッと着火するのを目撃した。

——馬鹿な、雨の日も多かったし、火が出る要因なんて何処にも……？

ずっと見入って、それが明らかな火炎になってしまったところで我に返った。携帯で通報するために、慌てて寝室へ戻ろうとすると、

「……いや、待て」と、父親が制した。どうした訳か、いつもの口調である。

「……あれは、寧(むし)ろよく焼かないといかんのだ。どうせ、焼け残りだ。少し待ってから通知しろ」

「いや……しかし、そんな訳には」

「昔から言うだろう『鬼火は、よく焼け』」

……そう言って父親は爆笑した。

猿渡さんの家は、寧ろ最初の火災より勢いよく焼けた。

残っていた大屋根が崩れ落ちる際の火の粉は壮大に天を焦がし、その勢いで真下にあったあの仏壇は粉砕された。庭木の類も火炎で壊滅し、こうして猿渡家は消し炭以外によすがを残さず、完全にこの世から消滅してしまった。

田宮さんの父親は間もなく入院し治療を行ったが、結局「鬼火」の話を再び聞き出せることはなかったそうだ。

# 二文字

週末のこと。

野上さんが自宅でぼんやり過ごしていたとき、携帯電話が鳴った。登録されていない番号が表示されており、見知らぬ相手からだとすぐに分かった。だから無視した。

その呼び出し音が止んでから少し気になり、もう一度よく見る。番号の下三桁を見てハッとした。

「警察だ。この番号」

思わず声が出た。

そんな所から電話が掛かってくる理由など見当も付かない。何処の警察署からなのか。折り返そうか迷ったが、何と言って掛けたらよいのか見当も付かない。

(またそのうち掛かってくるのではないか)

こう考え放っておいた。

後日、同じ番号から連絡があり話をした。

相手はやはり警察で間違いなかった。

話を訊いてみると「捜査協力」に関するお願いだった。

以前――と言っても、もう十年ほど前に辞めた会社の上司について訊きたいとのこと。彼女がその会社を去ってから、警察が関わるようなことを上司がしたらしい。詳細に関してはここでは控えるが、詐欺まがいの事件を起こしたようだ。複数の被害届が出されたと思われる。被害金額の大きさから報道されるような事件ではないと思った。

管轄の警察署は遠方になる。被害者はその地域に集中しており、「何故そんな遠いところで」と感じた。

捜査に当たっている刑事がこちらへ来る。それに合わせて話を訊きたいとの申し出に、正直なところ面倒だからと断りたかった。もちろんそんな訳にもいかず、野上さんの自宅から最寄りの警察署へと出向くことになった。

捜査協力当日。

あらかじめ決めてあった時間より少し早めに警察署に着く。入ってすぐ、一階の受付で名前を告げた。

「すぐに担当の者が参りますので」

こう告げられて近くにある椅子に腰を下ろした。それから数分して一人の男性警察官がやってきた。そこから案内されエレベーターに一緒に乗る。そのまま刑事課のある階で降りた。

広いフロアにたくさんの机が並べられており、神棚もある。ドラマや映画で観た感じと似ている。そんなことを呑気に考えた。

「奥の席にどうぞ」

フロアの端を通ってすぐの、かなり狭い部屋に通される。事前に「取調室のような場所は怖いのでやめてほしい」と申し出ていたが、ここがそれと何が違うのか分からない。相談室か何か。そんな案内が出ていたような気がしたが、妙な圧迫感のある狭さ。机を挟む形で置かれた椅子。

部屋を隣の部屋から覗けるようなドラマでよく観る小窓がない。それくらいしか取調室との違いを感じられなかった。

「取調室は嫌だと言っていたから、ここならいいでしょ」

部屋に入ってきた担当刑事は男が二人。野上さんに対して気を利かせたつもりでこう言ったが、全く意味がない気がした。

刑事は独特の訛りがある。彼女に話を訊くためにここへ来た。今日の夕方には戻る予定だ。最初にそんな話をした。

特に威圧感や怖さは感じない。野上さんが話しやすいようにそう振る舞っていたのかもしれない。

警察の知りたい情報は主に過去の上司がどのような勤務態度だったか。その頃から何かおかしな様子はなかったか。そんな話だった。

確かに当時の上司はよく、ある地方へ出向いていたこと。勤務中も私用の電話が多く、恐らく相手はその被害者達の誰かではないか。そんな気がしていたことを話した。

正直なことを言えば、その頃から何かやっていたのではないかと分かっていたが、それは言わなかった。

手を貸した覚えはないし、共犯ではもちろんない。ただ巻き込まれるのが怖かった。

野上さんの話を聞きながら一人はノートパソコンで、もう一人は手書きで何か書いていた。

彼女に対して疑うような素振りもなく、淡々と時間が過ぎた。

この状況に慣れてくると、その部屋の中を観察してみたりと余裕も出てくる。

そんなときに、妙な声が聞こえた。

――ソ。

二文字で最後に『ソ』と聞こえた。

小さな声。

『ミソ』か『イソ』か『シソ』。この辺と似た言葉だと思ったが、よく分からない。その声は時折ボソッと聞こえてくる。誰かがこの部屋の外で話している。その声が聞こえてくるというのがこの場合の答えとして近い気がした。

問題はその声が彼女の後方から聞こえていたことだ。

彼女の後ろは分厚く冷たい壁しかない。隣にも部屋があり、たまたまその声が聞こえたのかもしれないが、こういった外部に漏れては困る話をする場所でそれはないと思った。

小さな声とはいえ、何度も一定間隔で聞こえてくると気になって仕方ない。

そうこうしているうちに、ふとあることを思い出した。

その発音に似た名前の付く駅が地方にある。そこへ上司はよく出向いていた。その駅の傍にはビルがあり、その中にある一室にある会社。そこから女が一人、時々彼女の勤務先へやってきていた。

野上さんは相手の素性もよく分からないまま、お茶を出したからよく覚えている。

「あのビルはね。事故物件で前に人が死んでるの。だから交渉してかなり安く借りられたのよ」

女は目の前にいる刑事と同じような訛りのある言葉で、このような内容を話していた。子供が一人いるが、幼い頃に引き離された。もう長いこと会っていない。何故そうなったか理由は不明だが、こんな身の上話に付き合わされた。

この女が上司の事件と関係あるのか分からないが、このことも刑事に話した。

「○○駅の傍にビルを借りていた女で、確かビルの名前が――」

そのとき、二人の顔色が少しだけ変わったような気がした。女のこともそうなのだが、その地名にも反応していた気がした。


その後、事件がどうなったのか。警察から連絡はなかった。

ネット上であれこれと調べてみたが、小さな事件の扱いなのか詳細はなかなか見つからない。

裁判は被害届の出ている遠く離れた地方で行われたはずだ。恐らく上司は実刑になったのではないかと思われる。例の女が絡んでいたのかは確認できなかった。


捜査協力自体はそれほど大変なことではなかったが、精神的に疲れた。

あのとき『ミソ』か『イソ』か『シソ』以外で、聞こえた言葉があった。

声の主はあの女の話をしているときだけ違う言葉を発している。

言い方に恨みが籠もっていた。


——シネ（死ね）。


この声がしたときだけ、前に座っていた刑事二人が同時に顔を上げた。

もしかしたら二人にもずっと声は聞こえていたのかもしれないが、あえて聞こえない振りをしていたのではないか。

そんなことを考えたが、確かめる方法はない。

# 聞く耳持たず

猪田さんの前職は警察官である。職業柄、様々な死と向き合ってきた。

最初は首吊り自殺の現場であった。先輩巡査と二人掛かりで下ろした遺体の重さを今でも思い出せるという。

交通事故の被害者の肉片を拾い集めるのは日常茶飯事、腐敗した遺体を袋に収納したりもする。

そうやって経験を積み重ねていくと、人間は脆い生物であることを嫌でも思い知らされる。

普段から、命を客観的に見てしまう癖が付いた。

そんなある日のこと。

例によって猪田さんは、交通事故の現場に向かっていた。軽自動車が運転を誤り、崖下に落ちたとのことである。

猪田さんが到着した時点で、救出作業はまだ続いていた。

人が車内に取り残されているのだが、潰れたドアの切断に手間取っていた。

乗っているのは母と娘らしい。母親は顔一面にガラスが刺さり、胸部にハンドルがめり込んでいる。

娘は後部座席にいるのだが、レスキュー隊員の呼びかけに応じようとしない。

酷い状態にも拘わらず、母親は意識を保っており、娘を助けてほしいと訴えていた。

漸くドアが外され、まずは娘が助け出された。母親と同じく酷い状態だが、呼吸はしている。

だが、少しばかり救出に手間が掛かったらしい。いつの間にか、母親の声がしなくなっている。

娘が無事に救出されたことを知らぬまま、息を引き取ったのである。

猪田さんは思わず、目を閉じて手を合わせ、成仏を祈ったという。

目を開けて顔を上げた猪田さんは、前方に何かいることに気付いた。

はっきりと姿が見える訳ではない。ただ、陽炎のように空間が揺らいでいる。

不思議に思った猪田さんは、そっと手を伸ばしてみた。

そのとき、何か音が聞こえてきた。長く高く続く音だ。風のようだが何か違う。

耳を傾けた途端、風はピタリと止んだ。代わりに人の声が聞こえてきた。

娘を助けて、お願いですから娘を――。

周りを見渡しても、聞こえているのは自分一人だけのようだ。

声は執拗(しつよう)に繰り返される。

猪田さんは、振り切るように車に乗り込んだ。ドアを閉め、ホッと一息つく間もなく、後部座席で声が聞こえ始めた。

走り出した車内でも、声は延々と続く。困り果てた猪田さんは必死に考え、妙案を思いついた。

何を悩んでいたのだろう。助け出された娘のところへ連れていけばいいではないか。

遅かれ早かれ向かうべき場所である。猪田さんは早速、救急搬送先へ向かった。

慌ただしく行き交う看護師を捕まえ、猪田さんは搬送された娘の状況を訊いた。

声は、その間も休むことなく猪田さんの身体に絡みついている。

どうやら家族はまだ到着していないらしい。

看護師は周りに聞こえないよう、そっと教えてくれた。

「到着したとき、もう亡くなってました」

あれから十二年経つ。
声は今でも猪田さんに訴えている。
娘を助けて、お願いですから娘を。
その都度、猪田さんは律儀に答えている。
あんたが成仏したら会えるんだよ。さっさと成仏しろよ。

# 焼臭

現役警察官の東山さんから聞いた話である。

管轄内で焼身自殺が発生した。その後処理に駆り出された。現場検証と遺体を運び出すまでの間の警備を担当するように命じられた。

ホトケさんの周囲には規制線が張られている。その前に立って警備をするのだ。

気持ちの良い仕事ではない。背後から嫌な臭いが届く。

タンパク質の燃えた硫黄臭と、化繊が焼けた刺激臭が混ざっている。

現場では、とにかく撤収準備までの間、ホトケさんの側に立っていろという指示だった。

背後でガサッという音がした。ブルーシートを捲ったときの音に似ていた。何事かと振り返ると、そこには数時間前までは人だったものが立っていた。

顔や手は表面が炭化して真っ黒だが、中は生焼けでまだ赤い。

体液なのか掛けられた消火剤なのか、全身がてらてらとしている。

気が付くと東山さんは小走りに駆け出していた。怖かったからだ。

しかし、すぐに初老の警官に呼び止められて我に返った。

「走るな走るな。ところでお前さん、持ち場は何処だ」

「御遺体の前で立っていろと言われました」

「ああ、何か事情はよく知らんが、耐えられなくなったのか？　まぁ、悲惨なホトケさんだし、こういう現場だと、変なもの見たという奴もいるっていうけどな」

死体が立ち上がったので、驚いて逃げたと言うのも憚(はばか)られた。確かに恐怖心からの見違いだろう。何故自分があんなことをしたのか、分からなかった。

「あの。トイレを我慢できなくて……。すいません。もう漏れそうだったんで、勝手に離れちゃいました……」

「何だそうか。急いで行ってこい」

幽霊を見たなどと、下手に言うと昇進に響くと先輩から聞いたことがある。現場で変なものを見たら、黙っていたほうがいいと言う忠告を、東山さんはありがたく思った。


しかし、その現場を担当してから、東山さんの身体から焦げくさい臭いが立ち上るようになった。毎日ではない。暫くすると臭いは引くが、一日のうち何度か、自分の身が悪臭に包まれる。

風呂にはきちんと入っている。しかし、悪臭は強くなる一方だ。

自分だけが感じている訳ではない。周囲も東山さんから焦げくさい臭いがすると指摘し始めた。

焼肉食べたか？　と訊いてくる人もいたが、焼肉ならこんな硫黄臭はしないだろう。

あの現場からひと月近くも経った頃に祖父が亡くなったと連絡が入った。

葬儀の後、火葬場で釜を開けたときに、鼻にほんの僅かな臭いが届いた。

そのときに、東山さんはこれかと思った。先日の現場の焦げくささを希釈したような臭い。つまり——人を焼いたときの臭いだ。

葬儀が終わると、あれだけ鼻に衝いていた臭いが消えていた。

ホッとしていると、半年ほどして、また同じ体臭が始まった。

人間が焼けた臭いが自分の身体から立ち上るのだ。憂鬱（ゆううつ）な気持ちだった。

次は実父の葬儀だった。

葬儀の後に体臭は元に戻る。

自分の身体から、人を焼いた臭いが立つと、火葬場まで足を運ぶ葬儀が起きる。

東山さんのそれは、もう十年以上続いている。

# 白バイ

高校を卒業した翌年のことである。夏美さんは当時付き合っていた彼氏のバイクに二人で乗って、よくツーリングに出かけていた。

その日は少し遠出をしたこともあって、帰宅が遅くなった。二十三時を回っても、まだ彼女の家から三十分ほど掛かる国道を走っていた。

大きな交差点を渡ろうとしていたところ、信号無視をしてきた乗用車が二人の乗ったバイクを引っ掛けた。バイクはバランスを崩し、乗っていた二人は車道に投げ出された。しかし、当の乗用車はそのまま停まることなく交差点を突っ切って去ってしまった。道路交通法第七十二条に定める救護義務違反——所謂ひき逃げである。

幸い投げ出された二人の怪我は軽いものだった。バイクを路肩に寄せて、その場で警察に連絡を入れる。やがてやってきた警官による現場検証を終えると、事情聴取のために警察署に寄ることになった。事故証明書を発行してもらわなくてはいけない。

簡単な怪我の処置をしてもらった後で、聴取は別々に行われた。

夏美さんのほうが先に聴取を終えた。彼女は廊下の待合用の長椅子に案内され、そこで彼氏のことを待つように言われた。もう日付も変わっていた。警察署の中はライトも落とされており、人影もない。

明日病院に行かないとなぁ。

保険の処理のことなどを考えると憂鬱になった。


薄暗い廊下で暫く待っていたところ、ヘルメットを小脇に抱えた白バイ隊員の制服姿の男性が近づいてきた。

「どうしたの？」

その白バイ隊員は、気さくな様子で話しかけてきた。夏美さんはひき逃げされた経緯を話した。すると彼は、「それは災難だったね」と言って、自販機で紙コップに入ったコーヒーを淹れてきてくれた。

温かいコーヒーは夏美さんの緊張をほぐしてくれた。

その隊員と他愛もない会話をしていると、事情聴取を終えた彼が戻ってきた。

「何、一人でぶつぶつ話してんだよ」

「え？　このお巡りさんと話してたんだよ」

そう言って隣を見ると、今まで会話していた隊員の姿はなかった。左右は長く続く廊下で、一瞬で姿を隠せるような場所ではない。そもそも警察官が警察署で姿を隠す必要がある訳がない。夏美さんは混乱した。

念のために彼氏に確認を取る。

「今、白バイの制服着た人、いたよね。ヘルメット抱えて、これくらいの背で」

「見てないよ。俺が部屋から出たときからお前一人だったよ」

夏美さんは驚いた。経緯を彼に話すと彼は笑い出した。

「お前、お化けでも見たんじゃないの？」

そう言われても、手にはぬるくなったコーヒーの紙コップがあった。


そうこうしているうちに、外が赤色灯で明るくなった。

警官二人に連れられて、ひき逃げ犯人が連行されてきた。彼氏が車種と走り去る車のナンバーを覚えていたことが功を奏したのだ。

一通りのことが終わった。帰りがけに担当した警官に先程の白バイ隊員のことを訊ねた。すると、何とも言えない表情で彼は答えた。

「こんな時間に、署には白バイの隊員はいませんよ」

そうだよね。やっぱり思い違いだったのかな。

「しかし――この警察署では、しばしばその白バイ隊員の目撃情報があるんです。表立って言うことはありませんけどね。どうも殉職した隊員らしいですよ」

私達は現実に起きていることに対処するのが仕事ですんで、所謂〈そういうこと〉には関わらないようにしているんですけどね。

その言葉を聞く夏美さんは、隊員に貰った冷めたコーヒーを眺めながら、怖いというよりも、何か切ない気持ちになった。


結局警察署を出る時刻は、深夜二時を回っていた。

家に帰るまでの間、いつの間にか白バイが並走していた。

見るとヘルメットから覗いた顔は、先程コーヒーをくれた隊員だった。家に着いたときにも、少し離れた所に白バイは停まった。彼女は黙って頭を下げた。

無事送り届けたのを見届けたからだろう。白バイは踵(きびす)を返すと、そのまま闇に消えていった。

「夏美、あのさ」

彼がバツの悪そうな口調で声を掛けてきた。

「白バイがさ、ずっと並走してたよな。あれ、俺にもミラー越しに見えたわ」

さっきは笑って悪かったな。すげぇな白バイって。ずっと仕事してくれてんだな——。

今も街で白バイを見るたびに、夏美さんはあの隊員のことを思い出す。

# マイケル

田中さんという現役の警察官から聞いた話である。従って詳しい場所については明かすことができないが、言ってしまうと名古屋市内での話である。

その夜、田中さんは同僚とパトカーで警らに出ていた。深夜の住宅地を走らせていると、道端に膝を抱えるようにして地べたに座っている人がいる。

肌の色が濃いので、日本人ではないなと直感した。近づくと黒人の男性である。

不審と言えば不審だ。

「ちょっと職質掛けておくか」

同僚に言ってパトカーを停めた。男性はこちらに気付いているのかいないのか、膝を抱えて座ったままだ。

寝ているのか?

田中さんは声を掛けた。

「エクスキューズミー」

その言葉に、男性はこちらを見上げた。

「日本語で大丈夫ですヨ。僕、日本長いですから」

「今、こんなところに座っちゃってたけど、大丈夫？　体調とか悪いの？」

立ち上がった男性の背は田中さんよりも頭一つ高かった。一九〇センチ近い。

パトカーの後部座席に乗ってもらう。

「あのー。身分証とかあります？」

「残念ですね。今持っていないです。国際免許証ならあります」

男性は財布から国際免許証を取り出した。

「マイケルさん？」

「はい。僕、マイケルです」

人懐っこい笑顔を見せた。黒い肌と厚い唇から零れた歯が真っ白だった。

「えーと、今、座って何してたの？」

「別に座ってただけです」

唯一の持ち物である小さなポシェットにも、不審なものは入っていなかった。駅前で配られているポケットティッシュに財布、煙草、百円ライター。特に怪しい訳ではない。

ただ、マイケルはやたらとフレンドリーで、しきりにあれこれ興味深そうに話しかけてくる。

「あ、もう良いですよ。でも、道に座っていると自転車がぶつかったり、もしかしたら事故に巻き込まれたりするかもしれないから気を付けて下さいね」

「分かりましたぁ。お巡りさん大変ですネー」

もう行って良いですよと伝えても、マイケルはパトカーから下りようとしなかった。

「もっと話したいですネー。帰るまでまだ時間ありますから」

「でもこちらも仕事あるからね。夜だし物騒だから気を付けて帰って下さいね」

そう言って男性を下ろしてパトカーを発進させた。


五分ほどパトカーを走らせると、また歩道に膝を抱えて座っている人物がいた。

「何だぁ今夜は。とりあえず声掛けるか」

同僚がそう言うので、徐行しながら近づいていくと、黒人の男性だ。

「あれ、さっきの奴だよな」

「馬鹿言うなよ。車より早く移動できる奴はいないだろ」

パトカーを停めると、座っていた男性は立ち上がって近寄ってきた。

「お巡りさん！　マイケルです！」

「君、さっき会ったよなぁ」
ニコニコと差し出してきた国際免許証を見ると、先程と同一人物である。
パトカーより早く移動するのは無理だろう。どうやって移動したのか。悪戯にしたって
おかしくないか。頭の中では国際免許証を偽造して何人かのチームを組めば可能だろうか
という考えまで浮かんできた。
「それで僕が日本に来たきっかけがネー」
マイケルは勝手に喋り続けている。

「それでは気を付けて下さいね」

まだ喋りたがっているマイケルを下ろし、署まで戻ろうと走り出すと、また十分ほどの
ところに体育座りの男性がいる。こちらに気付いたのか、立ち上がって手を振った。

「マイケルです！」

「あなた、どうやってここまで来たの」

最初の地点から何キロ離れていると思っているのか。

「歩いてですネ。もっとお話したくて頑張って歩いてきました」

恐らくこのまま放り出すと、また何処かで捕まるだろう。話したいだけ付き合ってやろ

う。パトカーをそのまま待たせて話を訊くことにした。

マイケルはそれからたっぷり十分ほども一方的に話をしていた。どの話も特に興味をそそるものではなかったが、本人は心底楽しそうだった。それが急に止んだ。

どうしたのだろうと田中さんが見上げると、マイケルは腕時計の盤面を見ていた。

「時間なので帰りますネー」

マイケルは突然歩き出した。一歩、二歩、そこから階段を上るかのように空中へと登り始めた。何の道具も使っていない。手品のようにも見えなかった。

「バイバイ」

そう言い残すと、彼は空へとダッシュで駆け上がっていった。

「マイケル！　おいマイケル！」

田中さんは空に向かって叫んだが、あっという間に小さくなって見えなくなった。

狐に抓まれたような気持ちでパトカーに戻ると、一部始終を見ていた同僚が恐る恐るといった調子で訊ねてきた。

「今夜の報告書、どうしますか。マイケルのことを書きますか？」

「いや、書かなくていいよ。こんなこと書いたら面倒なことになる」

# 看板とバット

須崎さんは、個人タクシーを開業しながら、ある捜査機関の身分も持つ。

もちろん詳細は伏せるものの、彼のキャリアは尋常でない。紆余曲折あって、今ではそうして都市の平和の一端を担っている。

「ニュースなんかで、たまたま近くに居合わせたタクシーが犯人捕まえたりなんかって話は聞くだろう？　ああいうの、大体俺らみたいな奴だよ」

須崎さん自身、幾つもの事件現場に遭遇し、度々犯人を現行犯逮捕している。

逮捕は、私人でも条件付きで可能だ。しかし実際のところ合法に常人逮捕を行うのは難しい。それを何度もと言うのだから手練れである。

中には、説明の付かないことも多かった。

「――お化け？　まあ、そうなんだろうな。俺らも人のこと言えないけどよ」

ある晩、客を郊外に送り届けた帰りに携帯電話が鳴った。

捜査当局からである。当局からの指令は無線ではなく、携帯で行われた。

実車中に電話が鳴っても、個人タクシーならば目立たない。

客がいなければ電話に出て、指示を受ける。

この日の指示は、ある連続強盗に関するものだった。

『もしもし？　須崎さん今〇〇通り？　悪ぃんだけどさ、〇〇寄ってくれる――？』

やり取りはフランクだ。必要な情報を得て、「分かった」と電話を切った。

深夜だ。ガラ空きの上り車線を飛ばしてゆくと、コンビニの駐車場の隅に情報に合う色、車種、年式の車を見つけた。

(野郎、強盗前に腹ごしらえかよ)

バットで歩行者を襲う、所謂ノックアウト強盗を繰り返していた。

それが先程、強盗殺人になった。更に、数時間以内に再犯に及ぶ危険があった。

駐車場に入った須崎さんは、遠巻きに駐めて車を降りた。

近づいてナンバーを確認する。後部座席の床にバット。間違いない。

タクシーに戻った彼は当局に電話で報告していると、コンビニから容疑者が出てきた。

正確な足取りが分かったことで、彼の任務は成功である。しかし、大きな袋を抱えてコンビニから出てきた容疑者は上機嫌そうだった。

意気揚々と駐車場を出てゆく容疑者の車を見て、須崎さんは静かに車を出した。

尾行することにしたのである。

暫く尾行を続けると、対象車のスピードが急に下がった。

慌てて速度を落とした須崎さんは、すぐ道路脇の異変に気付いた。

道路脇から、赤色灯を焚いたパトカーが顔を出している。

そのまま走ると、すぐにまたもう一台、パトカーが顔を出している。

（おいおい、何だよ。気付かれるだろうがよ）

——だが、通り過ぎるとき彼は首を傾げた。

パトカーと思ったそれらはダミー、つまりパトカーを模した看板であった。

田舎ならともかく、こんな場所で見かけることはまずない。それも続けて設置するのは変だ。

訝しんでいると、対象車が突然スピードを上げた。

（まずいな、このままじゃチェイスになっちまう）

諦めたとき——須崎さんの車の脇を猛烈なスピードで追い抜く赤色灯があった。

目を奪われる。

それはパトカーでも白バイでもない。

　さっき通り過ぎた看板であった。

「いやもうびっくりしたね。看板だよ？　訳が分からねえ。分からねえけど、こっちも負けちゃいられねえってさ。もうこれは、本能みてえなもんだな」

　看板は、対象に追い付いてすぐ脇に並んだ。

　対象も夢中で逃げる。当然だ。

　須崎さんはすぐにこれは双方にとって危険だと思い直した。

　看板と対象車両が、視界から消える。追跡を諦め、当局に報告した。

　だが暫く道なりに走ると、前方で中央分離帯に激突している事故車を発見した。

「奴の車だったよ。救助したが重症。頭が凹んで顎が前に十センチも飛び出してたから、どう見たって意識が飛んでて普通なんだが、どういう訳か意識ははっきりしてて、痛ぇこえぇと泣き叫んでたな」

　救急隊員に大まかな事情を説明し、須崎さんも救急車に同乗した。逃亡の恐れも消えたことになる。

「まぁ、この件に関しちゃ奴の自爆だよな。俺のしたことなんて、事故現場でブッ飛んじまったバット探してきたくらい」

須崎さんは凶器のバットを確保していた。

「事故ったくらいで済まされちゃ、奴にやられた仏さんも浮かばれねえからな」

容疑者は一命を取りとめたという。

こうして須崎さんは、また一つこの街の正義を守った。

# 刑務所

小学校以来の友人、友和の父親は食料品を扱う会社を経営していた。

父親の名前は宏さん。

今から二十年以上前、宏さんは東京F市にある刑務所に、定期的に調味料などを納品していた。

これは年の瀬の迫ったとても寒い日の出来事だった。

刑務所のとある場所に外部の一般業者が使用する出入り口があった。

荷物を満載した宏さんのトラックは、いつものようにそこから刑務所内部に入る。

敷地内に入ると、二～三人の刑務官と十人前後の受刑者が立っていた。

受刑者達は姿勢正しく起立しており、もちろん私語をする者などいない。

ただ彼らが呼吸をするたびに、寒さで白くなった息が漂う。

ここで作業をする彼らは出所間近の模範囚だった。

刑務官の指示により、模範囚達はトラック内の荷物を運び、仕分け作業に入る。

宏さんはその間に所内の厨房関係者と納品などの手続きを行う。

それが終わると、刑務官の横で模範囚達が作業を終えるのを待つ。

「もうすぐ今年も終わりですね」

一人のベテラン刑務官が宏さんに話しかけてきた。

「はい、早いものです」

宏さんはきびきびと動く模範囚達を見ながら、暫く刑務官と雑談をしていた。

もちろん刑務官には守秘義務があるので、そこいらには触れない程度の内容だ。

話の途中、宏さんは模範囚達の中に一人だけ軍手をはめず、素手で作業をしている男がいるのに気が付いた。

宏さんが今まで見たことのない顔だ。

きっと今回から模範囚の仲間入りをしたのかもしれない。

この寒い中、かなり重みのある調味料袋、中身のたっぷり詰まったスープ缶の入った段ボールを素手で持ち上げたり、開封するのは辛いだろう。

作業中に手を切ったのか、彼の両手に血が付いている。

だが彼は辛そうな表情も見せず、黙々と作業を行っていた。

「あの素手の彼、軍手がないのですか？　よかったら私の物を貸してあげて下さい。手から出血しているじゃありませんか」

ベテラン刑務官は宏さんの発言に一瞬、ハッと目を見開いて驚いた表情を見せた。

そして今度は宏さんの顔をまじまじと見つめた後、「お気遣いありがとうございます。しかし、外の方からはたとえ軍手一組でさえ、無闇に借りることは許されません」と丁寧に断った。

続いてベテラン刑務官は宏さんにこう訊いてきた。

「業者さん、あの男の手が血で汚れているのが見えるのですね？」と。

「見えますよ。今はもうホラ、手が真っ赤じゃないですか。所内からは軍手を支給されないのですか？　いや、今は治療が先かな。模範囚として頑張っているのでしょうが、幾ら何でもかわいそうです。外部の者が余計なことと思われますでしょうが」

ベテラン刑務官はもっともだという風に頷く。

今や模範囚の両手からは、血がしたたり落ちる程になっており、宏さんはそれが痛々しくて目を覆いたくなった。

同時に幾らキツイとはいえ、この作業であそこまで酷く出血するものなのか？　と疑問にも思った。

「しかし業者さん、彼の血塗れの手が持つ荷物をよく見て下さい。それらは全く血で汚れていませんね？」

刑務官の言う通り、確かに血塗れの手でしっかりと触れているのにも拘わらず、荷物の中にはどれ一つとして血が付着したり、汚れているものがない。

そして手から落ちた血は、地面に吸い込まれるように跡形もなく消えていく。

その光景を見て宏さんは言葉を失った。

「あまり詳しくは話せませんが、あの模範囚は空手の有段者でした」

宏さんは空手という言葉に反応し、顔を上げた。

刑務官はそんな宏さんを横目で見ながら話を続ける。

「空手以外にも有能な男だったにも拘わらず、彼は多くの人をその拳で殴ってきました。命をこそ殺めていないものの、文字通り彼の拳は多くの血で汚れていたのです。その結果がこの刑務所です」

刑務官は残念そうに首を振った。

「実は私も空手の段位を持っています。最近は稽古もさっぱりですが」

宏さんは自分の拳を擦りながら言った。

「同じく私も学生時代から……」と刑務官は空手ダコのある鍛え上げられた両拳を宏さんに見せた。

「服役中に分かったのですが、あの模範囚の拳の血はどうやらある程度空手の腕前のある者にしか見えないのです。だから他の受刑者や空手経験のない刑務官には彼の拳を濡らす血は見えないのです」

宏さんはそんな話は俄に信じられなかったが、刑務官の厳しい表情と低い声から嘘や冗談には思えなかった。

「彼はどんなキツイ作業のときも軍手をしません。血に塗れた拳を見て己への戒めにしていると言っていました。手先を使う作業時には特に手からの出血が激しいようです。水で洗おうがタオルで拭こうが消えない血です」

刑務官が話を終えたとき、例の模範囚が忌々しそうに両手を大きく振った。

血飛沫が辺りの地面を広範囲に赤く染めた。

しかし、他の受刑者達にそれが全く見えていないようだった。


仕分け作業が終わって宏さんがトラックに乗るとき、例の模範囚と目が合った。

彼は宏さんに軽く会釈した。

もう、両手に血は付いていなかった。

宏さんは励ますつもりで彼に右正拳突きを放った。

模範囚は一瞬、ポカンとした顔をしたもののすぐに宏さんのメッセージを悟り、無言で空手の礼を返した。

「出所したら彼の手、綺麗に戻ってほしいな……」

宏さんは自分の拳を見ながら、帰りのトラックの中でそんなことを考えたという。

# 競売物件

十年以上前、妹尾は某地方裁判所の執行官だった。

裁判の執行に伴う事務が主な仕事だが、その中に競売物件の査定がある。

競売が決定すると執行官による査定を行い、それにより売却価格が決定する。それから数カ月後に期間入札が行われ、落札者に所有権が移り売却となるが、若干の差はあれど競売が決まってから売却になるまで大体三カ月ほどだという。

査定のための事前確認や現状調査で該当する建物に赴くのだが、大概が売却ギリギリまで居住していることが多く、中には居住権を主張する者もいる。

そうなると引き渡しの強制執行をせざるを得なくなるのだが、その日依頼された案件は少し違っていた。

鍵だけを渡され、「もう誰も住んでないから、書類だけ作ってこい」とのこと。

そこの居住者は素直に退去に応じたのだろう。居住者が納得して立ち退いている場合も少なくはないので、この案件が殊更に珍しい例という訳でもない。故にさほど疑問にも思わず、預かった鍵を持って町外れにある該当物件へと向かった。

妹尾は超が付くほどのリアリストであり、心霊現象やらオカルトといった類は一切信じてはいない。だが、競売に掛けられる物件に限っては思うところもあった。

そういう家は「何となく暗い」。こちらの心情の問題かもしれないが、家が悲しんでいるように見えるのだ。

だが、一目見るなり抱いたその家の印象はそんな感傷的なものなどではなかった。

「ここに入るのは嫌だ」

そう思ったのはこの仕事に就いて初めてのことだ。ここは本当に人が住んでいたのだろうか——と、そう思うくらいには荒んで見えた。

よくある郊外の庭付き戸建ての一軒家だ。家が古い訳ではない。庭もある程度整えられている。寧ろ築年数はまだ浅いはずだ。

だが——この家は圧倒されるほどに「死んでいる」。

そうとしか表現できないものだった。

ここにこれから入らなければならない。そう思うと少々気が重かったが、仕事であればそうも言っていられない。

鍵を開けて玄関に入る。黴臭さに眉根が寄った。

タイル張りの土間の運動靴は使い込まれて多少草臥れてはいるが、汚れてはおらず洗い立てのようだ。たった今脱ぎ捨てられたように不揃いな置かれ方に生活感が滲んでいた。己とそう変わらないサイズのそれは、高校生ぐらいの男子だろうか。

台所には水切り籠に洗って伏せられた食器、シンクに置かれたコップ、テーブルの上に置かれたままの漬物の容器等、つい先刻まで営まれていたのだろう生活の痕跡がそのままに残されている。

南向きのリビングは本来なら明るいはずだが、妙に薄暗い。北側には仏間と客間の和室が二つ。ふと見上げた客間の天井、西側の角がびっちり梱包用の粘着テープで覆われている。

——雨漏りか？

しつこいくらいに幾重にも重ねられてこんもりとしたそれを見つけても、裁判所には保証する義務はない。気にすることもなく踵を返し、二階へと足を進めた。

二階は二部屋。夫婦の寝室と、吹き抜けの階段を挟んで子供部屋がある。どちらも扉は開け放してあって中が見える。

子供部屋は机の上に開いたままの教科書とノート、ハンガーに掛けられた付近の高校の制服が、中断された日常を思わせた。

廊下から覗いた夫婦の寝室は、今起き上がったばかりのようにベッドの上の布団が捲れ上がっている。それを横目に見ながら、二階のトイレを確認して、一通り終わりだ。

さて帰ろうかと階段へ行きかけて、不意に聞こえてきた音に足が止まった。

――がしがしがしがしがし。

子供部屋から聞こえるその音に、そちらに身体を向けて耳を澄ませた。

――がしがしがしがしがし。

何処かで聞いたような音に、ああ、これは頭を掻いているのか、と思い当たった。

競売物件に持ち主が潜んでいるのもよくあることだ。確認のためもう一度子供部屋を覗いてみた。それにしても、音が途切れない。ずっと掻いている。

右奥に勉強机があって、その手前にはベッド。左奥が作り付けのクローゼット。音はその中からしている。

クローゼットの扉の周りは粘着テープでぐるりと隙間なく目張りされていて、容易には開けられない。中に人がいるのなら、間違いなく故意に閉じ込められている。

妹尾は慌てて粘着テープを剥がそうとした。何重にも貼り付けられたテープは、手で剥がそうにも簡単には剥がれてくれそうにない。その間もがしがしと音は止まない。そんなに掻き毟(むし)っては頭皮に傷が付いてしまうだろうに。

「誰かいるのか！　大丈夫か！」

途端にピタリと音が止んだ。一瞬の静寂。

「ああああああああああああああ！」

声変わりが終わって間もないと思われる幼さの残る叫び声。

よもや、この家の子供か！

即座に警察に電話を入れながら、扉を何とか開けようと試みるも、頑強な粘着テープの塊が阻む。カッターか何か、道具がなければ無理だと判断して一階へ駆け下りた。

道具がありそうな場所を探すが見当たらない。

客間へと入り、天井を見上げた。ここは子供部屋の下になるはずだ。あの粘着テープの貼られている辺りがクローゼットの真下か。

テープの一部が剥がれて天井板が見えている。何か、液体が滲みた跡があった。

「ああ、やっぱり」

何がやっぱりなのかは分からない。ただ漠然とそう思った。唖然としたまま天井を見つめていたとき。

「開けちゃダメだよ」

背中のほうから声がした。高校生くらいの少年の声だった。振り返った先に姿はなかった。

その後駆け付けた警察官に立ち会ってもらい、クローゼットを開けたが中には誰もいなかった。床には引っ掻いた跡と、爪と血が残っていた。

「夜逃げでしょ」

警察官はにべもない。持ち主の一家は行方不明だという。

「だって今カッター使って開けたのに、どうやって中に人が隠れるの」

事件性はないと結論付けて、警察官は引き揚げた。その後、妹尾も帰るべく靴を履いて気付いた。

玄関にあったはずの運動靴がない。

自分と警察官以外に誰も出入りしてはいない。それなら、一体誰が靴を履いて出ていったのか。

ゾクリと背筋が震えた。


間もなくして妹尾は仕事を辞め、家に引き篭もるようになった。

そうして約一年後、妹尾の家は競売に掛けられた。何故か買い手は付かず、家はどんどん荒れていった。

妹尾がどうなったのかは分からない。

# 秘密　～　奇譚ルポルタージュ

四月〇日　天候悪い（雷雨　暗い　暑い　湿気高い）。
取材待ち合わせ　午後二時　場所ファミレス〇〇。冷房。禁煙席。客少なめ。珍しい。

――上沼瑠璃子さんの取材メモ、その冒頭を一部抜粋、修正、コピーペーストした。

このとき、三回目の取材であった。

彼女は落ち着いた雰囲気の女性で、今年（二〇一八年時点で）三十歳を迎えたと聞く。

取材開始の際、前回渡していたコピー用紙数枚を返してもらった。

用紙には彼女から聞いた体験談が箇条書きのスタイルで記されている。その上に彼女が引いた二重線が幾つも残されていた。再度内容を確かめながら、取材と打ち合わせを行う。

これから記すのはその〈取材と打ち合わせ〉の結果である。

＊　　＊　　＊

上沼さんは中学生の頃から公務員を志望していた。

「安定している公務員になれ」と周囲の大人から繰り返し勧められたこともある。自身も就きたい仕事があった訳ではない。だからとりあえず公務員を目指したという。子供の頃から、夢を持たない冷めた性格だった、らしい。

努力の甲斐あって、大学卒業後に公務員となった。

以降、改めて意識したのは公務員として生活する厳しさだろうか。業務中もだが、プライベートですら細かい制約が多いのだ。

とはいえ、公務員法を守り、モラルを持った行動をすればいいだけの話である。殆ど特別に意識せずとも問題はなかった。

粛々と三年ほど働いたとき、当時付き合っていた彼と婚約の話が浮かび上がった。相手は公務員とは無関係の仕事をする男性で、一つ年上である。

しかし寸前で話は潰れた。理由は相手にある。彼自身が起こした業務上の問題が明らかになったことと、借金や彼女が知らない秘密が分かったことだ。

表面上、彼は依願退職扱いにしてもらえたと某から聞いた。退職後、遠方へ引っ越ししたとも言う。以来会うことはなくなった。彼は携帯も何もかも解約したらしく、連絡を取る方法はなくなった。彼の実家に訊ねれば分かるだろうが、それをする意味はもうなかった。

実を言うと、婚約話が消えてホッとしたことは否めない。

求婚される少し前に別れたいと思っていたのだ。

しかし相手の押しに負け、何となく了承してしまった。後はどんどん周りが勝手に進めていく。自分の意思とは無関係だった。

――が、そんな最中少しだけおかしなことがあった。

冬、仕事を終えて自宅へ戻ったときのことだ。

台所にいる母親へ夕食を食べる旨を伝え、部屋に入る。

コートを脱ごうとしたとき、そのポケットが振動した。上から手で押さえる。震えが伝わってきた。スマートフォンを取るため手を差し入れる。だが、中には何もない。

(ああ、バッグの中だった)

置き場所であるチェストの前へ行き、中からスマートフォンを取り出す。

着信ランプが明滅していた。画面を点ければメール他数件の通知が残っている。それぞれを処理しながら、気が付いた。

何故コートのポケットが振動したのか。どうして自分はさも当然のように全てを受け入れ、淡々と返信を打っているのか。

コートをもう一度調べたが、変わったことは何ひとつなかった。

前に職場で話題に上った〈幻想振動症候群（ファントム振動症候群。携帯が振動したと錯覚する現象）〉だろうか。しかしポケットの上からしっかりこの手で確かめている。

納得できない出来事だった。

翌日、通勤途中に彼の姿を見つけた。生活圏が被っているから不思議ではない。声を掛け、昨日の出来事を話そうと背後から近づく。肩に手が届きそうな距離に来たとき、強い異臭を感じた。饐(す)えた臭いというのか。例えるなら、不潔な雰囲気の中年男性が放つもの。或いはヘヴィな喫煙者が漂わせるもの。謂わば、電車やエレベーターで乗り合わせると辛い類の悪臭と言えた。

彼が気付いて振り返る。途端に臭いが強くなる。発生源は彼のようだ。

（どうしてなのだろう）

これまで彼から香ったことがない臭いである。相手が喫煙者であることは確かだ。しかしここまで酷いことはなかった。自身が非喫煙者だからこそ敏感に感じているのか。それとも何か他に原因があるのか。

常軌を逸した臭いに思わず顔を顰める。その表情が原因か、彼が機嫌を損ねた。

二、三の言葉を交わし、別れる。その振る舞いがいつもより粗暴に感じた。

昼休み、終業後に彼と会う約束を取り付けた。朝の件を謝罪するためだった。

が、会ってみて拍子抜けした。いつも通りの態度で何らおかしな部分はない。臭いもいつも通りだ。朝の件は逆に彼から詫びてくる。

その後、近くの店で夕食でも食べようと誘われたので従った。

だが、道すがら何度か彼の携帯に着信が入った。

画面を見る彼の表情が硬くなる。同時に、朝感じたあの〈悪臭〉が、何故か彼の周囲を漂った。上沼さんは臭いを避けるように道の端へ移動する。彼は歩道の真ん中に立ち尽くしたまま、電話を取らない。液晶画面を見つめたまま放置している。誰からなのだろう。何故通話を始めないのだろう。分からない。ただ待つしかない。さほど時間が経たないうちに着信が切れた。と同時に臭いは失せる。彼はそのまま歩き出した。大丈夫なのか訊ねてみても「大丈夫」としか返ってこない。

また彼の携帯に着信があった。立ち止まり、液晶を凝視し、何もしない。

再び悪臭が漂い始めた。そしてまた切れると同時に臭気は失せる。

これが店に着くまで何度かあった。何処からの電話か分からない。彼自身も教えてもくれない。画面を盗み見て確認しようかと思ったが、止めた。はしたないと思ったからだ。

このせいだろうか。食事中も会話が弾まない。また、食事中も幾度か彼の携帯が震えた。

だが、最後まで放置のままだった。着信のたびに鼻が曲がりそうな臭いに悩まされ、食事そのものも辛かったことは言うまでもない。

いつもなら食事後はどちらかの部屋まで行くのだが、その日は早々に解散となった。

また、上沼さんが帰路に就くときはいつまでも見送ってくれる彼が、その日はさっさと踵を返した。それだけではなく自宅方向とは真逆に進んでいく。一体どうしたのだろうか。

帰宅後、携帯にメッセージを入れてみたが翌日まで返答はなかった。

――それから間もなくして彼が起こしていた問題が公になった。同時に借金問題や他の隠し事も暴露され、あっという間に縁談はなかったことにされた。


破談になってから各種後処理に追われ、落ち着いたのは数カ月後だっただろうか。

こちらが悪くないとはいえ、周囲へ迷惑を掛けたことは確かだ。気が滅入った。

寝付きも悪くなる。たとえ眠れたとしても悪夢を見ることが増えた。

内容は様々で、心が疲れるものだ。現実世界の辛さが影響しているのだろうと思った。

遂にはただの風邪をこじらせ、短期間の入院すらしてしまった。

短い日数で退院できたものの、すっかり体重が落ちている。何をするにも気力が湧かない。

とはいえ仕事は丁寧にこなした。公務員なのだと自分を鼓舞したこともある。それに職務に没頭したほうが、気が紛れるのだ。

周囲の人達の気遣いもあり、元気を取り戻せたのは夏の盛りになった頃だった。

その頃、こんなことがあった。お盆の後、彼女が休日を貰ったときだ。

三日間であるが何も予定がなかった。両親も友人達も休みはとうに終わっている。だから一緒に出かけるような相手がいない。

（ああ、そうか、宮前のお祖母ちゃんの所へ一泊しに行こうかな）

母方の祖母は宮前と称する場所に住んでいる。夫――上沼さんにとっての祖父――に先立たれてから広い家で独り暮らしだ。家の車なら二時間もあれば着くだろう。

あの騒ぎのとき、父方と母方の祖父母を巻き込んだ。それぞれの優しい言葉や行動に助けられたことは覚えている。改めてお礼に行くのは悪くないアイデアだろう。

祖母に電話をして了承を取った。喜んでいるようだった。

父方の実家は飛行機の距離になる。あちらは次の長期休みだと決めて、準備をする。

『これから宮前のお祖母ちゃんの家へ泊まりに行く』

車を借りる旨と何か言伝がないか母親にメールを入れ、出発した。

途中、返信が入る。ちょっとした伝言と好物の土産を買っていくことを言付かった。

到着すると祖母は大歓迎してくれる。

待っている間、色々準備をしていたようだ。

楽しく過ごしている間、祖母がポツリポツリと昔語りを始めた。

祖母の語る昭和の話はとても面白い。遠い過去の出来事が、自分という存在と地続きであることが実感できる。

どれくらい語り合ったときか。初めて聞く話が始まった。

「結婚したばかりの頃、お父さん（上沼さんの祖父）の転勤で引っ越したのね」

まだ二十代前半だったという。

地方都市出身だった祖母にとっても、そこは僻地とも言うべき土地だった。

駅から家まで車で一時間掛かった。周りは田圃と川で、途中から山が押し迫るように近づいてくる。一番近い隣家にも十数分歩くほどの距離で、回覧板一つ回すのも面倒だ。

駅の近くには個人経営の商店が数軒あるが、品揃えは悪い。

だから一週間に一度、時間を掛けて買い物に出かけなくてはならなかった。

当然、近くの住民からすれば余所者扱いである。最低限の付き合いしかされない。

夫は夜遅くまで働き、朝は早く出る。だから祖母の話もあまり聞いてくれない。

二十代の女性にとって、とても辛かった。寂しくておかしくなりそうだった。

孤立した日々を過ごす中、ある出来事があった。

肌寒くなった秋の頃だ。余り物の昼食を終えたとき、玄関の前で物音がする。

誰かが来たのか。回覧板か、郵便だろうか。

様子を窺うと、ほんの少し引き戸が開いている。

そこから何者かが覗いていた。背が低い。どうも子供のようだ。

声を掛ければ、もう少しだけ戸の隙間が大きくなる。

子供が二人立っていた。

小学校低学年くらいか。特徴のある顔で、二人ともそっくりだ。背丈も同じほど。頭はおかっぱに近いが、入れられた鋏が粗い。まるで散切り頭のようだった。性別はどちらだろうか。服装から見るに、多分、二人とも男の子だろう。

その服装だが、もう秋だと言うのにランニングシャツに半ズボン（当時の半ズボンは足の付け根に近い所に裾がある短い物）で、手足が枝のように細い。足下は裸足に運動靴だ。

これまで一度も見たことがない子供達である。

何か用かと訊ねても、二人はもじもじして何も答えない。

何処から来たのかと言えば、遠くの山を指さす。

あの方向は舗装されていない細い道が一本だけ通っており、途中で途切れると夫に聞いたことがある。道幅は車一台分程度だが、ガードレールも何もない。実際何台もの自動車やバイクが転落し、谷底で発見されていた。

夫曰く「郵便配達から聞いたが、その道の行き止まりから更に進んだ先に二軒ほど家があり、人が住んでいる」。一軒は老婆と中年男性の二人。もう一軒は両親と子供達。ただし、子供の人数は分からない。少なくとも五人以上のようだ、と。

その家族の所の子供だろうか。祖母は再び子供達に訊く。

「あの山のほうから来たの？」

子供らは短く「ん」と言い、認めた。一体何をしに来たのか。用事でもあるのか。問いただすために近づくと、二人はあっという間にあの山の方角へ走り去った。

その日を境に、件の子供達が訪ねてくるようになった。二、三日に一度。来るのは必ず午後に入ってからだ。いつも服装は同じ。夫がいる日曜日にはやってこない。

慣れてきたのか、何度目からかある程度会話もするようになる。

この辺りの強い訛りで喋るので意思疎通が難しいこともあったが、何とか理解できた。内容から判断するに、二人は双子の兄弟であるらしい。やはり男の子だったのだ。

名前は幾ら訊いても教えてくれない。彼ら同士も「あんにゃん」「わ」のような呼び合いだけだ。あんにゃんが示すのは兄のことか。わ、は相手を指すのか。全く分からない。雰囲気だけで判断せざるを得ないのだ。

学校について質問しても彼らははぐらかす。これは役場に届け出るべきではないか、そう思うのだが、悩んだのも事実だ。何処まで踏み込んで良いのか、と。

だから来たときのみ、相手すると決めた。寂しい中、彼らの訪問が実は嬉しかったのだ。そのお礼代わりではないが、二人にお菓子や缶ジュースを渡した。しかしその場で口を付けない。そっと大事そうに抱えて持って帰るのが常だった。

そんな彼らは顔も腕も足も垢だらけである。服もネズミ色になっていた。

風呂に入らないのかどうか訊くのも傷つけそうで戸惑う。もしかしたら何らかの事情があるのかもしれない。

夫に話したところ、子供達も何かあるのだろう、そっとしておくとよいと助言される。だが、あるとき何となく彼らの身体を綺麗にしようと思った。が、自宅の浴室に入れるのは流石に戸惑われた。

薬缶(やかん)で何度も湯を沸かし、洗面器や樹脂製の盥(たらい)に入れて温度を調整した。濡らしたタオルに湯を含ませ、何度も二人の顔や腕等を拭っていく。

擦れば擦るほど垢がポロポロ落ちていく。例えるなら、真っ黒に捩れた消しゴム滓(かす)だ。

何度も繰り返すと湯は真っ黒になり、タオルは煮染めたように変色した。代わりに兄弟の肌は最初より白くなっている。

彼らがお互いの顔を見て笑い合っていたのが印象に残った。

垢を落とした日、自分のお下がりである白い長袖シャツをそれぞれに着せた。もう雪も降り出していた。本当ならジャンパーくらい渡したかったが、丁度良い物がない。

彼らは礼を言い、また山へ戻り始める。その後ろ姿を見守っていると、彼らはシャツを脱いだ。くるりと丸めると小脇に抱え、兎のように走っていった。

その後も双子はやってきた。また垢だらけになっていて、服も元に戻っている。雪が降る真冬になっていたが、彼らは一向に気にしていない様子だ。鼻の周りに乾いた洟(はな)がへばりついていた。顔を拭いてやると、いつも同じ表情でニカッと笑った。

しかし、大晦日を境に彼らは姿を見せなくなった。

雪が積もっていると言っても、それまでは普通に来ていたのだ。

何があったのか分からない。確認にも行けない。そもそも家が何処にあるか確定していないのだ。彼らが山に住んでいるというのはこちら側の想像に過ぎない。

心配する日が続く。春になり、夏にやってきても彼らは姿を見せない。

遂に二度と会うことなく、夫の任期が終わった。

引っ越すとき、頭にこんなことが浮かんだ。もし彼らがこの家にやってきて自分がいなかったら何と思うだろうか。

それだけが心残りだった。

――本当に、上沼さんが初めて聞く話だった。

「これまでは何となく話したくなかった。どうしてだか今日は話したくなった」

祖母は自分でも不思議だという口ぶりだ。

そういう物なのかと考え込んでいると、祖母がアルバムを持って来る。

年季の入ったもので、表紙がボロボロになっていた。

「これがその双子」

古びたカラー写真が二枚貼ってあった。

撮影者は祖母で、祖父のカメラを借りて撮っている。曰く「もっと撮影したはずだけど、今はこの二枚しかない。どうしてなくなっているのか覚えていない」。

当時住んでいた家の玄関が背景で、時代を感じさせるものだった。

双子は祖母の話通りのビジュアルだ。無造作に切りっぱなしにしたようなおかっぱと薄着。垢じみた顔と細い手足。古いデザインの運動靴。

どちらの写真も二人のポーズは棒立ちだ。若干アングルが違うくらいだろう。

ただ、上沼さんは衝撃を受けていた。

(私、この写真、見たことがある)

もちろん祖母の家で、ではない。

あの、破談した元彼氏の家で、だ。

彼が独り暮らししていた部屋は、あまり生活感がなかった。

シンプルな家具(彼は家具のことをいつも「ファーニチャー」と言っていた)と拘りのアイテムが混在し、独特の雰囲気だったと思う。

中でも目立ったのが多数のフォトスタンドやフォトフレームだろう。モノクロやカラーの写真を入れ、壁や家具の上に飾っていた。中身の殆どが海外モチーフである。

その中で異彩を放っていた写真があった。

それが、祖母が見せてくれた写真と同じ物だった。いや、全く同じではない可能性もある。が、背景に映ったものと子供達はそのままである。

もちろん勘違いではない。部屋へ行くたび目に付いたから、否応なく覚えた。いや、それ以前に双子の顔立ちがかなり特徴的なのだ。見間違えるはずがない。

まず、顔に傷が二つあった。赤い蚯蚓(みみず)腫れのようなものが斜めに二本、ほぼ平行になって片方の頬に走っている。

そして、片眼が白くなっていた。義眼だろうか。L判程度の写真だから明言できない。

傷と白い目は、鏡写しのようにそれぞれ真逆の位置に付いている。片方が右なら、片方は左という具合だ。

当たり前だが、この写真について元彼に訊いたことがある。どうしてこの写真を飾っているの？　他の物と合わないのではないか、と。

答えは「自分の親戚だからあえて飾っている」だった。

細かい関係性は言わなかった。ただ、他に幾つかの事柄を教えてくれた。

飾っているのは「親戚達を忘れないため」。

親戚は「双子で生まれたから大変だった」。

二人は「成長してから大阪にいたが、行方知れずになった」。

理由は分からないが「一九八五年にいなくなった」。

この西暦を何度も繰り返す。〈一九八五年って知っている？　大きな事件が終息して、大きな事故があった年だよ〉。〈イチキュウハチゴー、イチキューハチゴー〉。

彼が数字を印象づけようとしていたのかどうか分からない。もっと詳しく色々訊けばよかったが、話しぶりがどことなく冗談めかしていたので「ああ、どうしても言いたくないのだろう。何か個人的な理由があるのだろう」とそれ以上の詮索はしなかった。彼は追求されたくないことに関して、いつもこうやってごまかす性格だったからだ。

（どうしてお祖母ちゃんが撮った古い写真があの人の家にあったのか）

（まさか、なくなった写真というのはあの人がこの家から盗んだのだろうか）

（いや、それはない。この家を知らない。連れてきたことはない）

彼女は言葉を選んで、写真を他の人に渡していないか、祖母に確認する。

「この子達に焼き増しして渡した。他にはあげていない」

写真を渡したのは、双子と最後に会った日であった。

現像してきた写真を見せると子供達はとても喜んでくれた。撮影するとき自分達の顔を気にしていたが、こうして写真になるとやはり嬉しいようだった。

封筒に入れて渡すと、彼らはそれをポケットへねじ込んだ。

そして、祖母の両腕を左右からそれぞれ引っ張った。

彼らが帰っていく方向を、山のほうを指さして、こう言った。

「アベ」

アベとは何だろうか。祖母は強い訛りを感じた。しかしこの辺りで聞かれる抑揚ではない。少なくともこの兄弟が普段使っていた言葉でないことは確かだ。

もしかしたらこの子達の苗字だろうか。阿部。安部。安陪。阿倍……。

苗字か、名前かと問いかけても彼らは首を振る。山を指さし、祖母の両手を両側から強く引き、ずっと「アベ、アベ、アベ、アベ」と繰り返した。

一緒に来いという意思を感じる。だが行けない。行くつもりはない。

行かない。二人で行って。

断り続けていたとき、突然大きな音が轟いた。頭上からだ。空気が振動するような轟音は、ジャンボジェットの音にとてもよく似ていた。

音に驚いたのか、双子は手を離す。

そしてこちらを振り返らずに駆け出して、あっという間に山のほうへ消えていった。

祖母は空を見上げたが、何も飛んでいない。元々この周辺に航空路は通っておらず、こんなに大きく近いエンジン音は聞いたことがなかった。

結局、音の正体は分からずじまいだった。


(彼が飾っていた写真は、お祖母ちゃんが双子に焼き増しして渡した物かもしれない)

そう考えるのが妥当だ。親戚である双子から彼の手に巡ってきたのだろう。

とはいえ真実が気になって仕方がない。元彼氏の実家に連絡先を訊いてでも確認したい衝動に駆られた。だから祖母宅から帰る道すがら、元彼氏の実家の前を通った。

売り家になっていた。

事情に詳しそうな某へ連絡する。分からない、が答えだった。消息は誰も知らなかった。


写真の一件から数年が経ち、祖母が他界した。

形見分けの際、あの双子の写真が貼られたアルバムを探す。だが、何処にもなかった。

誰に訊いても「そんな写真知らない」で終わってしまった。

彼女は思い出す。あのとき、幾つか祖母に質問した。中に歯切れの悪い答えがあった。

言えないのだと分かってほしいような口ぶりでもあった。思わせぶりな態度は「本当は訊いてほしい。話したい」気持ちの表れだろう。改めて問いを投げかけてみれば、ある程度答えてくれた。だが核心には触れていないような不自然さがあった。結局、予想以上の回答は引き出せなかった。祖母は秘密を墓まで持っていったのだと彼女は思っている。


祖母の葬儀が終わってから間もなくして、こんなことがあった。

テレビのニュースで新宿駅が取り上げられたときだ。大雨のときだったと記憶している。

夜のニュース番組でその様子が流れた。大勢の人間が足止めをされているという報道だ。

画面の中、ひしめき合う人の中に破談になった彼と瓜二つの男性がいた。

その人はほんの僅かな時間、カメラに目線を向けた。

何故か目が合ったような気がした。瞬間、言いようのない心地悪さが襲ってくる。

不快感に耐える中、画面の向こうの人物は人並みに紛れ、見えなくなった。

一瞬だから見間違えかもしれない。いや、その可能性が高い。

しかし、もし当人であるなら――今、彼は新宿駅を使うような地域に住んでいるのだ。

場合によっては出くわす可能性がある。そう考えた瞬間、二度と顔を見たくないと頭に浮かんだ。生理的に忌避していることを今更ながらに再確認した。

＊　＊　＊

全てを聞き終えたのは取材五回目だった。

その間、上沼さんには何度も内容を確認してもらった。前述の通り、コピー用紙は原稿化する内容の箇条書きと、全体の構成についての叩き台が記されてあった。

彼女は現役の公務員である。公務員法（国家・地方問わず）は守秘義務について厳しい。

業務上知り得た事柄を外部へ漏らしてはならない。もちろん全ての仕事に守秘義務はある。が、このアンソロジーのテーマが公務員である以上、細心の注意を払わなければならない。

今回の体験談だと上沼さんがどういう職種の公務員なのか、分からないはずだ。業務の上で守るべき秘密の部分を、彼女は全く話していない。それでも所々に微妙な部分が入ってくる。そこに関して書いて良いかどうかをチェックしてもらう必要があった。

彼女が削除した部分は、完全にカットしてある。読者諸兄姉には了承頂きたい。

ただし、この用紙のやり取りはある意味、新しい情報を得る手助けにもなった。

例えば「アベ」に関して上沼さんが注意書きを書き込んでくれたことか。

〈「アベ」という言葉は岩手？　東北の方言で「行きましょう」の意味？〉

〈祖母がいたのは東北ではない。あの土地では他の、全く別種の方言〉

取材のとき、彼女が苦笑いとともにこんなことを口にした。

「もし、祖母が双子の兄弟と一緒に行っていたら、どうなっていたのでしょうか？」

――この原稿作業が終盤に差し掛かった頃だ。

上沼さんから右目が復活したと電話があった。

右目が復活したとは、どういうことだろうか。

訳を訊ねて、驚いた。

彼女は両目を怪我していた。

時期は最後に関連資料の受け渡しをした後、原稿作業中頃にあたる。

不便な生活だったが、なんとか片眼が使えるようになったと自嘲気味の口調だった。

左目は症状が違い、完治まではまだ時間が掛かるようだ。現状、失明の危険がないことが不幸中の幸いだろうか。

スマートフォンが使用可となったものの、やはり片眼のまま画面を見て文字を打つのはまだ辛い。だから電話という方法で連絡をくれたようだ。

話題が世間話にシフトした最中、こんな事を教えてくれた。

『両目が見えないとき、自宅でおかしな感覚を受けました』

おかしな感覚とはなんだろうか。

それを〈誰も居ないのに誰かに見られている感覚。視線、厭な〉と彼女は表現する。

右目を開けるようになったと同時に、それらは綺麗になくなった。

視線の正体は、不明である。

# ベランダの子

遠藤寿賀子さんは発達支援センターに勤務している。

今までに携わった人は多いが、その中でも特に記憶に残る母親の話をしてくれた。

母親の名は水原雅美、二十七歳。三歳の千夏ちゃんという娘がいた。

最近、引っ越してきたばかりとのことである。その日、雅美さんがセンターを訪れた目的は、千夏ちゃんの発達相談であった。

以前暮らしていた市で受けた検診では異常はなかったのだが、このところずっと黙り込んだまま伏し目がちに過ごす毎日だという。

冬になって外が寒いのもあるし、何よりも環境が変わったのが原因だろうと判断したものの、念のために相談を受けにきたらしい。

人見知りも激しく、夜泣きも復活してしまったため、少し苛ついてしまうときもあると雅美さんは打ち明けた。

千夏ちゃんは雅美さんの背中に隠れている。人見知りなのは確かだが、それ以上は分からない。

発達診断には専門家の立ち合いが必要となるため、その日は予約だけ済ませ、雅美さんは帰っていった。

その日の書類を整理していると、同僚の塚田さんが妙な顔つきで近づいてきた。

「これなんだけどさ」

差し出した用紙に水原雅美の記名がある。

どうかしたかと訊く遠藤さんに顔を寄せ、この住所に見覚えはないかと言う。

記載された住所を何度か口にするうち、遠藤さんは思い出した。

何年か前に、乳幼児虐待で母親が逮捕されたマンションだ。救急搬送された子供は病院で亡くなっている。

塚田さんは、その母親の担当であったため、すぐに思い当たったのである。

実は、と塚田さんは話を続けた。

「その三〇一号室で虐待が起きたのは三度目なのよ」

人伝に噂を聞いた塚田さんは、個人的に事情を調べてみたらしい。

駅前にあるマンションである。建築された年に事件は起こっていた。

事件の後、親族が部屋を引き払い、間を置かず新たな住人が暮らし始めた。その家庭でも同様の事件が起きた。

またもや三〇一号室は空き室となり、暫く借り主は見つからなかった。

漸く二年後に部屋は埋まったが、またしても幼児虐待が発生した。それが塚田さんの担当した母親である。

いずれもが、母親による娘への虐待であった。その事件が起きた部屋に水原雅美は引っ越してきたのだ。

一般的には、建物に嫌悪すべき歴史的背景等があれば瑕疵（かし）物件とされる。

が、三〇一号室に関しては、その範疇（はんちゅう）に入らなかったらしい。室内で亡くなった訳ではないというのが主な理由だ。

偶然と言ってしまえばそれで済むのだが、いずれもが母親による三歳の娘への虐待だというのが気に懸かる。

水原雅美の書類を見つめ、暫く黙り込んでいた二人は、とりあえず発達診断の日まで様子を見ようと決めた。

まだ何も起こっていないのに、個人の家庭に踏み込む訳にはいかない。そこまでの権限は与えられていない。

この時点において当然の判断であった。

発達相談当日、雅美さんは約束の時間になっても現れなかった。

携帯電話は繋がらず、他に連絡方法がなかったため、相談は一旦キャンセルとなった。

その日の業務中、遠藤さんはずっと雅美さんのことを考えていたという。

まさかとは思う。ありえない話だとも思う。だが、不安が拭えない。

自分がやろうとしていることの是非は後回しにして、遠藤さんは雅美さんのマンションに向かった。

あくまでも業務外であり、一個人としての行動。マンションは駅前にあり、帰り道にたまたま寄っただけ。

そんな言い訳を自らに言い聞かせている。

駅前広場から見上げ、三〇一号室を探す。北側の角部屋のベランダに子供がいた。

柵にもたれて立っている。千夏ちゃんかどうかまでは判断できないが、赤いスカートを穿いており、女児であることは分かった。

問題なのは、今が十一月半ばということだ。夜は一段と冷え込んでくる。微かに泣き声も聞こえてくる。

到底、見過ごせる状況ではない。遠藤さんはマンションの玄関に走った。

オートロックの解錠は、訪問先に連絡するような仕組みになっている。開けてくれるかどうか迷っている暇はない。

三〇一号室を呼び出そうとした正にそのとき、遠藤さんは背後から声を掛けられた。振り向くとそこに雅美さんが立っている。

千夏ちゃんも横にいる。母娘お揃いのセーターとジーンズを着ていた。

雅美さんは詫びながら駆け寄ってきた。

「すいません、連絡できなくて。母が怪我したので実家に帰ってたんです」

唖然とする遠藤さんの様子を怒りによるものと勘違いしたのか、雅美さんは何度も頭を下げる。

我に返った遠藤さんは、慌てて雅美さんを止めた。

「いえ、こちらこそ急に訪ねてきて申し訳ありません。あの……水原さんのお部屋って、北側の角部屋ですか」

「はい、それが何か」

雅美さんは夫婦と千夏ちゃんの三人家族である。だとすると、先程の女児は誰なのか。

それ以上のことを訊くべきか。何を訊けばいいのか。

ベランダに女の子がいるんですけど、御存知ですかなどと言える訳がない。

迷った結果、遠藤さんが訊いたのは次の面談日の予定であった。

帰り際、遠藤さんはもう一度、三〇一号室を見上げた。

ベランダには依然として女児がいた。柵から身を乗り出して下を見ている。

街灯りに照らされているはずなのに、顔面が真っ暗で表情が分からない。

雅美さんが帰宅したらしく、部屋の灯りが点いた。

その途端、ベランダの女児は激しく泣き出した。かなり大きな声だったが、通り過ぎる人たちにはまるで聞こえていない。

遠藤さんは耳を塞いで歩き出した。

結局、雅美さんが面談に現れることはなかった。

連絡も付かないため、遠藤さんとしてはそれ以上の追及はできなかった。

三〇一号室は暫く空き部屋になっていたが、つい最近、新しい家族が暮らし始めたという。

# 老人ホーム

今岡さんは市役所の社会福祉課に勤めている。

その日、今岡さんはとある家に向かっていた。

住宅に手すりを付けたいとのことで、その相談である。

相談者は向井茂子さん、六十歳。八十二歳になる母と二人で暮らしている。

最近、引っ越してきた住まいが市営住宅のため、勝手に手すりを付けられない。

どうにかならないだろうかとの相談である。

茂子さん自身も軽度の視覚障害を持っており、足腰の弱ってきた母をトイレに連れていくのも大変だという。

申請書と図面などを住宅供給公社へ提出し、承認を受ければ市営住宅でも手すりの取り付けは可能だ。

そのためにまずは現地の確認である。聞いていた住所を頼りに進む。辿り着いたのは、市内でもかなり古い住宅であった。

長屋形式の２ＤＫが十二戸並んでいる。今にも壊れそうだが、空き部屋はない。事前に調べた限りでは、独り暮らしの世帯が多いらしい。

右から二番目が茂子さんの住まいである。玄関前に、薄汚れた洗濯機が置いてある。

呼び鈴は壊れていたが、今岡さんがドアを叩くとすぐに返事があった。

茂子さんは丁寧に頭を下げ、今岡さんを招き入れた。

玄関を入ってすぐが台所である。その奥の襖を開けると、じっとりと湿った空気が溢れ出してきた。

もうそろそろ夏だというのに、部屋の中央にはコタツがある。

開け放たれた押し入れの下段に布団が敷かれてある。痩せこけた老婆が寝ていた。

恐らく母親だろうと察した今岡さんは、起こさないようにそっと座った。

持参した書類をコタツの上に置き、説明を始める。

一枚目を終えたところで、今岡さんは押し入れからの視線を感じた。

一瞬、横目で確認して書類に目を戻す。違和感を覚え、もう一度見た。

押し入れの中で眠る老婆。その傍らに老人が座っている。

今岡さんは笑顔で会釈し、説明に戻った。あとは設置場所の確認である。

茂子さんは立ち上がり、奥の間の襖を開けた。黴の臭い、老人臭、糞便の臭いが混ざり合った部屋だ。

部屋の中央に置かれたベッドに老婆が横たわっている。茂子さんの呼びかけに、老婆はゆっくりと身体を起こした。

「お母さん、こちらが市役所の今岡さん。手すりの相談に来て下さったの」

挨拶をするのも忘れ、今岡さんは茂子さんが母親と呼ぶ老婆を見つめた。

半歩戻り、押し入れを見る。先程の老婆と老人は依然としてそこにいる。

ベッドにも母親がいる。訳が分からなくなった今岡さんは、とりあえず手すりの件を済ませようと決めた。

家族構成の確認は、市役所に戻ってからである。

母親の横を通り、風呂と便所に向かう。

「こっちがお風呂」

茂子さんが風呂の戸を開けると、乾いた浴槽に老人が座っていた。

便所には老婆が二人積み重なっている。

振り返ると、母親の背後に老婆が立っていた。しきりに母親の肩に触れている。

その都度、母親は煩わしげに払いのける。また触れる。払いのける。触れる。払う。

それを延々と繰り返している。

茂子さんは全く気に掛けていない様子である。たまりかねた今岡さんは、茂子さんに訊いた。

「あの、向井さんってお母さんと二人暮らしですよね」

何を今更といった風で茂子さんは頷いた。

それではこの人たちは。指先を向けようとして今岡さんは凍り付いた。

母親の背後に立っていた老婆が三人に増えている。そのうちの一人は、水平に浮かんでいた。

その後、今岡さんは何を説明したか覚えていない。

車を走らせながら、大声で悲鳴を上げて漸く気持ちが落ち着いたという。


申請は無事に認められ、工事の日程を決めるときになって茂子さんから連絡が入った。

母親が亡くなったため、手すりは不要になったとのことである。

それともう一つ。今岡さんがボールペンを忘れていったという。

そちらに送るのも、持っていくのも億劫（おっくう）なので、取りに来てほしい。

そう言って茂子さんは電話を切った。

できれば二度と行きたくない家だったが、公務員にそんなことが許されるはずがない。

今岡さんは渋面を隠し、あの家のドアを叩いた。

ドアが開き、茂子さんが現れた。その肩の上に老婆が跨っている。
垣間見えた室内にも、何人かの老人が見えた。
お茶でも飲まないかとの誘いを丁寧に断り、今岡さんは急ぎ足で車に戻った。

その数カ月後、茂子さんから一度だけ相談があった。
家の中が騒がしくて眠れないとのことである。
幸いと言っては何だが、対応に当たったのは他の職員である。
結局、茂子さんが急逝したため、面談は中止となった。
あの家は今も現存している。
安い賃料のせいか、空けばすぐに次の借り主が決まるという。

# 市役所のガラス窓

木下さんが勤め始める数年前にその市役所庁舎は改築された。

巨大なガラス窓が並ぶ廊下は、外光がさんさんと射し込み、改装前の古くて暗い印象の市庁舎からは見違えた。ただ、豪華な市庁舎ということで、市民から批判も出たらしい。しかし彼女は新しい市庁舎で働けることが嬉しかった。

五階建ての庁舎の廊下は、何処も廊下の床から天井までの大きなガラス窓がはまっている。しかし、三階にある殆ど職員しか立ち入らない一角に、全面を半透明のプラスチック製フィルムに覆われた窓がある。謂わば後付けですりガラスのように目隠しがされているのだ。庁舎を見回してみても、他にそんな場所はない。

ガラスに不具合はない。それは外から見ても分かる。

何でこんなことになっているのだろう。

配属早々不思議に思った木下さんは、事情を知っていそうな人に話を訊こうと考えた。

ある日、たまたま課長とその通路を歩く機会があった。木下さんが赴任するよりも遥か以前から市役所にいる人物である。恐らく理由を知っているだろう。

二人で会議室に向かうときに、たまたま気付いた風を装って課長に訊ねた。

「これ、何ですかね」

横を歩く課長は、フィルムの貼られた窓ガラスを見上げた。

「あぁ、気にしなくていいよ」

しかし、口ではそう言っているが、木下さんは課長の表情が一瞬曇ったことを見逃さなかった。理由は知っているが、詳しくは立ち入らないでほしいという様子が伝わった。

これ以上訊いても駄目だろうなと感じた木下さんは素直に引き下がった。

しかし、そうは言われてみたものの、気になり始めると理由を知りたくなる。

明らかに後付けで施工しているのだから、市民からの税金を投入して工事を行ったということだ。無駄な工事のはずはない。ちゃんとした理由があるのだ。

まずは同じように一緒に通り掛かったタイミングで数人の同僚に訊いてみた。何人かは気にもしていなかったようだが、数人は「気にしないほうがいいよ」と返した。

そんなことを言われたら、余計気になるではないか。

それから一週間もしないうちに大谷さんという同僚が木下さんのデスクに立ち寄った。

大谷さんは五十代のベテラン女性職員で、席が離れていることもあり、普段は木下さんが直接話すことはまずない。

「廊下のあれ、あまり嗅ぎ回らないほうがいいよ」

ぎょっとした。大谷さんにまで伝わっているということは、部署の殆どの人間は自分があの窓ガラスのことを気にしているということを知っているということではないか。

「何故なんです」

思い切って忠告してくれた理由を訊いてみた。

「あなた、この庁舎になってから採用されたから知らないかもしれないけど、あまりいい話じゃないから、人によっては嫌がるわよ」

大谷さんはそう言って教えてくれた。

そうね。工事中から変なことが起きるって、色々と噂されていたの。作業員も結構入れ替わっていたみたい。それが特に内装を始めた頃から顕著になったのね。

あのガラス、というか躯体の後にガラスを入れて、その後で内装をするじゃない。そうするとね、あのガラスに上からゆっくり落ちてくる人が映るっていうのよ。

若い女の人らしいんだけど。

頭を逆さにして落ちてくるその女性と目が合った人は、精神的におかしくなってしまうとのことで、庁舎を移転した直後にも何人かの職員が異動願いを出したり、中には退職した人もいるという。

「上の階の窓はこんな風になっていませんよね」

「うん。そうなの。上も下も何ともないんだけど、三階のここのガラスにだけ映るらしいのよ」

見えない人には全然見えないんだけどね。

だから外が見えないように半透明のフィルムを貼っていたのだ。

大谷さんから理由を聞いて、木下さんは通り掛かるたびに何か影でも映らないかと気にしていたが、期待に反して何も起きることはなかった。自分には見えないのだと理解した彼女は窓のフィルムにも落ちてくる女にも興味を失った。

それから一年が過ぎた。

「あの……ちょっといいですか？」

木下さんは、橋本さんという中途採用の男性から声を掛けられた。

「これ、何だと思いますか？」

くるくると渦を描くように丸まった、細く切られたプラスチック片である。半透明で幅は二ミリほどだろうか。伸ばしてみると意外と長い。二メートル以上ある。片面が粘着素材のようで、カーペットの灰色の繊維が貼り付いている。

「何これ。何処で拾ったの？」

話を聞くと、廊下に時々落ちているのだという。ただのゴミにしては不思議な造形なので、橋本さんは見かけるたびに拾って保管しているとのことだった。

半透明のフィルム。粘着テープ。

ここ最近は内装の業者が入ったという話も聞かない。やけに気になった。

「廊下って、何処の？」

このフロア以外では拾ったことはないと橋本さんは言った。そこまで聞いて、木下さんはガラスに貼られたフィルムに漸く思い至った。

二人で確認しに行くと、やはりプラスチックフィルムの継ぎ目に、親指ほどの隙間が開いている。

一体誰が。何のために。どうやって。

不自然を通り越して異常だ。

「橋本さん、これ最初に見つけたのって」

声を掛けても返事がない。

「橋本さん？」

振り返ると、彼はじっとガラスの上の端を見つめていた。振り返った木下さんには何も見えない。フィルムの隙間から青い空が覗くばかりである。

若い女の人らしいんだけど。

大谷さんの言葉が頭の中にリフレインした。

「橋本さん！」

彼はゆっくりと視線を下げると、その場にへたり込んだ。

大丈夫かと繰り返す木下さんの声が届いていないかのように、虚ろな瞳でガラスの隙間に目を奪われていたが、少しして窓ガラスから目を離さずに言った。

「女の人が逆さになって落ちてっちゃった。大変だ。どうしよう」

何処か他人事のような、遠い国の話でもしているような声を上げた橋本さんは、ハッと気付いた様子で廊下を駆けていった。

すぐに戻ってきた橋本さんは、木下さんに、落ちたはずの女性は見つからなかったと言った。

多分見間違いよ。疲れてるのかもね。少し休むといいんじゃないかしら。

木下さんはそう言った。

そのアドバイスに従ったのか、彼はそれから数日間役所を休んだ。その後に急な異動願いを出し、今は何の仕事をしているのか知らない。

# 市役所サークル

ある地方の市役所職員から聞いた話である。その市役所にはかつてサークルがあり、彼も参加していた。活動内容については「書かないで下さい」とのことなので、伏せておく。

さて、週末にそのサークルが集会を行った。集会そのものは順調に終わり、打ち上げで入った居酒屋でのこと。五十二歳の女性、木内さんが部屋の隅のほうを指さした。

「さっきからあそこに猿みたいなものが見えるんだけど……あれ、何かねえ？」

他の職員達がそちらに目をやっても、何も見えなかった。

それは長さ六十センチほどの黒い靄（もや）のようなものだが、二本足で立った人間の幼児か、ニホンザルを思わせる形をしていて、天井近くの空中に浮かんでいるという。

そこまで説明した直後、木内さんは「ぐうっ……」と唸って、椅子に座ったまま動かなくなってしまった。

「どうしたの？」

「おかしいな」

「木内さん！」

呼びかけても反応がない。目は見開いているが、焦点が合っていなかった。大騒ぎになって木内さんは救急車で病院へ運ばれたものの、脳溢血で寝たきりになってしまった。

それがすべての始まりだったという。


翌年の夏。

サークルの会長を務めていた五十七歳の男性、飯島さんが仕事から帰宅するなり、家族に語った。

「今、家の前を人間みたいな形をした黒い靄が飛んでいったんだ。何だか気味が悪いな」

それは身長が一二〇センチくらいで首や手足らしきものがあり、人間の子供のようだが、朦朧としていて性別や人相などはよく分からなかった。大きな猿のようにも見える。初めは家の玄関先に直立しており、飯島さんが近づくと、手足を動かすことなく空中に浮かんで屋根の上へ舞い上がった。更に上昇を続け、他の家の屋根に遮られて見えなくなったそうだ。

その翌日、飯島さんは自宅の庭の草むしりをしている最中に突然倒れ、救急車で病院へ運ばれたが、手当ての甲斐なく死亡してしまった。死因は熱中症であった。確かに猛暑の日が続いてはいた。けれども飯島さんは身体が丈夫で、作業前には十分な水分を取っていたことから、その呆気ない最期に彼を知る者は皆驚いた。

そこで二代目の会長に選ばれたのが、五十五歳の女性で、ある部署の所長を務める宮本さんである。しかし、彼女も会長になってから一年後に急病で死亡してしまった。当日の朝までは元気だったが、市役所での勤務中に宮本さんは、

「あれ、何だろうね……？」

と、真顔で壁のほうを指さした。

壁の前に高さが一五〇センチほどの、人間に似た形をした黒い靄が浮かんでおり、白い切れ長の目を吊り上げてこちらを見下ろしているという。

部下達がそちらを見たが、何もいないので怪訝に思っていると、宮本さんがいきなり椅子から崩れ落ちた。

またもや彼女を知る人々は、誰もが驚いた。

それから半年ほどして——。

サークルの集会の最中、会計係をしていた四十六歳の小野寺さんがこんな話をした。

「私も家で人みたいな形をした黒い靄を見たのよ。どうしたらいいのかしら？」

それは身長が一七〇センチを超えており、天井に頭をくっつけて宙に浮かんでいた。家族に話しても「何もいないじゃないか」と否定されてしまう。だが、小野寺さんが見ていると、朧な形が整ってきて、人影に近づいてゆく。白く光る両目を吊り上げ、真っ赤な口を大きく開けていた。声は聞こえないが、笑っているように見える。それも人を見下した嘲笑だ。

その人影は自宅の至る所で、昼夜を問わず頻繁に現れる。十秒以内で消えることもあれば、三十秒ほど見えることもあるという。

小野寺さんは間もなく体調を崩し、大腸癌を患っていることが判明した。彼女は手術を受けたものの、その年のうちに亡くなってしまった。

時期は前後するが、三代目の会長には三十八歳の野口さんが選ばれていた。これまでは年齢が上の人物から会長になっていたが、今度は若くて元気な人物に白羽の矢が立ったのだ。

その野口さんが会長に就任してから、一年が経った頃。

彼は土曜日の集会に出てこなかった。書記係が彼の自宅と携帯電話に何度も電話を掛けたが、一向に出ない。会長不在で行われた集会は、纏まりに欠けて盛り上がらなかった。

翌日の日曜日になって、漸く野口さんの妻と連絡が取れたのだが……。

野口さんは妻と別室で寝ていて、昨日は朝になっても起きてこなかった。妻が様子を見に行くと、ベッドの中で白目を剥いている。揺り起こそうとしても反応がなく、慌てて救急車を呼んだが、既に死亡していたというのだ。事件性はなく、死因は急性心不全とされた。

野口さんが人の形をした黒い靄を見ていたのか否かは不明となったが、

「定年間際の人ならともかく、野口君はまだ若かったのに……」

「幾ら何でも、続き過ぎだよ」

サークルの会員達は驚きよりも恐れを抱き始めた。

こうして三年間に四人が死亡し、一人が寝たきりとなった。最初に倒れた木内さんは現在も植物状態である。亡くなったうちの三人が会長だったことから、誰も次の会長を引き受ける者がいなくなり、発足から三年半でサークルは解散してしまったという。

# なんでも課

近藤さんは役場の住民課住民係に所属している。

業務内容は連絡事項の書類作成や苦情や相談の応対、雑多な仕事をこなすので〈なんでも課〉と呼ばれている。

小さな町であるため、ここの職員は六人しかおらず、忙しい日々を過ごしていた。


ある日のこと、近藤さんは松居さんという住民からの苦情を受け付けた。

隣家の庭から溢れ出したゴミを何とかしてほしい、という内容であった。

隣家に住んでいた三宅老人は先月亡くなっていた。

生前はゴミを拾い集めては庭に高く積み上げることを日課としていた。

そのゴミが地震の影響で崩れ落ち、隣の敷地内に入り込んでいた。

所有権のある息子は遠方に住んでいるため、すぐに対応が取れる訳でもない。

困ったときのなんでも課、ということで連絡が入ったのだ。

とりあえずは息子へ連絡を取り、敷地内へゴミを戻すことと立ち入る許可を得る。

翌日の朝、近藤さんは作業着とゴミ袋を大量に用意し、現地へ向かった。

苦情を入れてきた松居さんの庭で見たのは、隣から雪崩れ込んだ大量のゴミの山であった。

境界に設けられたブロック塀は一メートル強ほどの高さで、三宅邸には平屋の屋根まで届きそうなゴミが積まれていた。

（どうやってここまで積んでんだよ……つーか、こっちから投げ入れる訳にもいかないだろ、これ……）

近藤さんはあくせくとゴミを袋に入れては、三宅邸の敷地内に置きに行く。

「もう、早くゴミを処分するように役場としてできないんですか？　臭いだって凄いんですよ」

強い口調でぼやく松居さんの言い分はもっともである。何に使うつもりだったのか分からないような空の弁当容器まで大量にあり、黴やら汚水で鼻が痛く感じられるレベルであった。

「まあ、息子さんとは連絡が取れるので、お願いはしておきます。すぐにどうこうという返事はできないとは思うんですが」

松居さんは近隣トラブルを避けるため、三宅老人が生きていたときは我慢をしていたそうだ。

亡くなったので、ゴミが処分されると思っていたが、一向に息子は足を運んでこない。その矢先での地震である。流石に我慢の限界を迎えたようだ。

何度も何度もゴミを袋に詰めては三宅邸へ足を運ぶ。

一見要領の悪い作業に見えるが、松居さんの愚痴をずーっと聞かされ続けるのは堪らないと考えた、近藤さんの知恵でもあった。

「さーて、後もう少しかぁ……」

近藤さんは昼ご飯も食べずに作業を続けていた。時刻は十四時を回ろうとしていた。

愚痴を言い疲れたのか飽きたのかは分からないが、松居さんは既に家に戻っていた。

最後のゴミを袋に詰めたとき、視界の隅に足が見えた。

反射的に顔を上げると、薄汚れたシャツとズボンを着た老人が立っている。

「あっ、お邪魔してます」

挨拶をするが、老人はしかめっ面のまま言葉を発しない。

(何か悪いことをしたかな……。あっ、奥さんと同じく怒ってるんだな)

無視をするのもバツが悪いので、無意識に饒舌(じょうぜつ)になっていた。

「あー、奥さんにも御説明したんですが、お隣の息子さんに連絡はしますので。で、早く対応を取ってもらうようにしてですね、で、ここの掃除も間もなく終わり……」

話の途中であったが、近藤さんの言葉が掻き消える音量の悲鳴が聞こえた。

振り返ると、松居さんが口に手を当て硬直している。

状況が理解できずに近藤さんも思考停止する。

「……な、な……なんでーー!! なんでーー!!」

松居さんの絶叫に対し、訳が分からないが取り繕おうとまたまた饒舌になる。

「いや、今も説明をしてたんですよ。で、もうすぐ終わることを……」

「だから、なんでーー!!」

流石にこれ以上は口を挟まないほうが得策と思えた。

老人はしかめっ面のままで微動だにしない。

「じゃあ、最後のゴミを置いてきますので」

松居さんの横を擦り抜けようとすると、突然襟首を掴まれた。

「だから、何で三宅さんがいるのよ!?」

「はぁ?」

暫くの間、近藤さんには松居さんの問いの意味が分からずに困惑した。

その後、漸く状況が理解できた近藤さんは松居さんの家に上がり込み、二人は小一時間も話し込んだという。

その日から松居さんは、頻繁になんでも課に電話を掛けてくるようになった。

そして近藤さんは居留守を使うようになる。

「あの人を何とかしろ！」

いつもこの台詞が出るようだが、近藤さんは仕事の管轄外ということで御遠慮させて頂いているそうだ。

172

# デッドスポット

何処と書いてしまうと風評被害になると思われるので、場所は秘す。
とはいえ、青森に住む私が弘前で取材したとなると、ほぼ秘す意味もないのだが。

某市役所勤めの男性から聞いた話だ。
公園には二十四時間体制で警備員が常駐している。
人が多い日中はもちろん、夜も公園には人の出入りはあるのだ。
不審人物がいるかもしれないし、誰かが倒れているかもしれない。
桜の木や、歴史的建築に悪戯をされたら堪ったものではない。
夜のパトロールは、コースやチェックすべき場所が決められている。
ブランコのある広場。
公衆便所。
そして、忘れちゃいけないのは公園内に幾つもある城門だ。
門の破損をチェックするという話ではない。

門を挟むように急な傾斜の小山がある。

戦国時代、小山が邪魔で城を攻めるためにはこの門をくぐる必要があった訳だ。

今では観光客、散歩やジョギングをする人々が平和にくぐっている。

公園内の門はそれぞれ仕様が若干違い、中には観音開きした門の裏側が死角になる造りのものがある。

開いた門扉の裏、そここそが必ずチェックすべきスポットなのだ。


さて、ここでお話を一つ……。


公園にて。

ある警備員が深夜のパトロールをしていた。

数人の不良少年が徘徊していることもあれば、何を思ったか酔っぱらいがベンチで横たわり一晩を明かそうとしていることもある。

ひと気のない深夜とはいえ、気が抜けない。

特に公衆便所と城門の確認だけは、一際の緊張感がある。

人は、隠れて死のうとする。

幾ら自暴自棄になっていても、生きている間のギリギリまで羞恥心があるということなのだろう。

迷惑な話だ。

生を終えた後のことをもう少し考えてくれないだろうか。

生きている自分が、終えたあなたの抜け殻の有無を確認する仕事があるのだ。

頼むから、他所でやってくれないだろうか。

公衆便所をチェック。

異常なし。

先日は手首を切った男性の死体があった。

場所柄、警察も救急車も静かにやってきて、静かにいなくなる。

もちろん、新聞には載らない。

公園を担当する緑地課の職員が血を洗い流したそうだ。

本人は本望だろう。お望みの通り誰かの好奇の目に晒されず、事を終えられた訳だ。

城門に近づく。

門扉の裏は正にデッドスポットだ。

殆どの人々は門をくぐった後、振り返らない。

ましてや、開いた門扉の裏側にある空洞を、わざわざ覗き込もうなどとは到底思わない。

羞恥心はそこに目を付ける。

ああ、ここなら見つからない。

そういう訳で、門扉の裏での自死は絶えない。

生命の賛歌とも言える祭りの期間中、何万人もの人がぐるこの門でそれが行われるとは、正に皮肉だ。

懐中電灯で照らし、門扉の裏を覗いた。

「あ……」

髪の長い女が俯いて立っていた。

思いつめたような表情だ。

死体がある覚悟はいつもしている。

だが、この対面への覚悟はない。

「あの。どうしました……？」

女は少しだけ顔を上げると、蝋燭の火が風に吹き飛ばされたかの如く、消えた。

# 郷土館史

安藤さんはとある田舎の役場に勤める地方公務員。

高校を卒業し、配属された先は郷土資料館の案内と管理が主な仕事であった。

受付から案内管理もほぼ一人で担当する。

田舎の施設であるため、来場者は毎日は訪れない。

よって、パソコンや読書で時間を潰すことが日々の日課となっていた。

とある夏、平日の昼過ぎのこと。その日も来場者はゼロであった。

施設で決められている見回りの日であったため、掃除道具を揃えて通路を順番に回っていく。

縄文土器のショーケースを拭き、感知式スポットライトの作動も確認する。

「一から五までは動作問題なし、と」

少し奥に備えられた小さい縄文式住居と、その前に置かれた縄文人のマネキンの破損等がないかを確認する。

『ごぁーーー、あぁぁーーー』
こちらも人が通るとセンサーが反応してスイッチが入る。
縄文人の声、というつもりのテープが流れ、右手の石斧を上下させる。
（いつ見ても酷い出来だよな……）
地方役場としての予算的には限界であろうが、クオリティが悉く酷い。
安藤さんはここを通るときには毒づく癖が付いていた。
「さて……次のとこ……」
『ごぁーーー、あぁぁーーー』
彼の独り言に被るように、縄文人の声が流れた。
既に安藤さんの立ち位置は、センサー感知のエリアからは離れている。
振り返るが、そこに当然誰の姿も見えない。
きっと誤作動だろうと先へ進もうとすると、また背後から縄文人の声が聞こえた。
元々、薄暗い造りの館内。
単なる誤作動とは思うのだが、どうにも気持ちの悪いものがあった。
一歩先へ進もうとすると聞こえる声。
安藤さんは縄文人のマネキンのところまで戻って、センサーのスイッチを切った。

「さて、これでよし、と……」

マネキンのスイッチを切り、センサー故障の報告をしないとと立ち上がる。

『ごごごぁーーー、ごごあぁぁあああ！』

通常では聞き慣れない声とともに、安藤さんの真横でマネキンが石斧を猛スピードで上下させ始めた。

驚いて腰を抜かした彼は、声も出せずに口をパクパクさせるのが精一杯であった。

（スイッチは切ったのに……何で……？）

マネキンが手を振るスピードはどんどん加速し、石斧は手から外れて飛んでいった。

石斧はショーケースを直撃し、ガラスの割れる音が静かな館内に響く。

続け様にマネキンの右腕は外れ落ち、繋ぎ目の鉄のボルトが剥き出しになった。

『ごぉぎょごぉあおおおおおお！』

作動しないはずのテープが断末魔に似た雄叫びを上げる。

そしてマネキンの動きは止まり、館内は静かになった。

安藤さんの心境としては、見回りや設備の清掃なんて既にどうでもいい状態である。

ここから逃げ出したい。誰かに助けを求めたい気持ちで一杯であった。

マネキンのほうを警戒しながら、音を立てないように静かに立ち上がる。

忍び足で通路の先のほうへ歩く。

ここはぐるりと一周する形で、元の受付の場所に戻れる造りであった。

江戸時代の展示物のコーナーを抜けるときにも、あちこちでセンサーライトが作動する。

そのたびに彼はビクつき、背後を気にし続けた。

頭の中では単なる故障だと言い聞かせている自分がいる。

ただ、直接何かを目にした訳ではないのだが、圧力のような気配を何となく感じ取っていた。

それ故慎重に、周囲を警戒しながらゆっくりと歩みを進めた。


漸く受付が見える位置まで辿り着いた。

視界の先にはスーツ姿の男性が立っている。

安堵した彼はお客さんであろうと形振り構わずに駆け出した。

ただ縋(すが)りたいという一心であった。

スーツの男へあと数歩というところで、安藤さんの足は急に止まる。

男から発せられる気配に、彼の身体が拒絶反応を示したのだ。

男の顔を窺うが、何故か暗くてよく見えない。

館内の暗さとは違う一層深い闇が、男の表情を隠していた。

「あの……観覧希望ですか……？」

精一杯の声を振り絞るが、男は一切の反応を示さない。

不機嫌を通り越した怒りの感情が何となく伝わってきた。

「あの……どうかしましたか？　何かありました？」

一定の距離感を保ちながら様子を窺うも、男は無言を貫く。

（こうなったら無視しよう。とりあえず役場へ連絡を取り、マネキンの故障を伝え、誰かに早く来てもらおう）

安藤さんはカウンターの中に入り受話器を取り、役場への短縮ダイヤルへ手を伸ばしたそのとき――。

スーツの男はカウンターを乗り越えて襲い掛かり、安藤さんの首を両手で締め上げた。

「く……やめ……」

男の手を振り解こうとするが、何故か触れずに擦り抜ける。

意識が遠のき、気を失いかけた直前、男の姿は掻き消えた。

安藤さんは咳き込み、その場で蹲（うずくま）ることしかできない。

暫くの間は呼吸を整えることだけに必死であった。

目の前から突然消えたことから、この世のものではないことは分かる。

ただそれ以上に、殺されかけたという恐怖心が彼の身体を震え上がらせていた。

「おーい、安藤、何処にいるー？」

丁度そのとき、聞き覚えのある声がした。上司である松永の声であった。

すぐさま安藤さんはカウンターの陰から飛び出し、松永にしがみつくと大声で泣き出してしまった。

暫くして冷静さを取り戻してから、安藤さんは起きたことの一部始終を話す。

松永は話の途中で一瞬だけ顔を曇らせるが、その後は安藤さんを落ち着かせるようにして全ての話を聞き終えた。

「じゃあ、まずは確認してくるか」

松永が先に歩き、二人は問題のマネキンのところまで来る。

「なるほど……」

壊れたマネキンの腕を掴み、センサーの反応する場所で手を振り作動確認をする。

「ふむ、動かないな」

松永は現状確認のため、マネキンのスイッチを入れる。

しかし、マネキンも音声もスポットライトも一切の反応を示さなかった。

「完全に故障……と。で、この先を回って、受付に戻ったんだよな」

二人は一周する形で、受付の場所まで戻ってきた。

「で……だ、その男は何処に立っていたんだ？」

安藤さんが指し示した先を見ながら、松永は物思いに耽(ふけ)る。

「そうか……そうか……そういうことか……」

少ししてからポツリと言葉を零した。


安藤さんがここの勤務になる八年ほど前の話になる。

前々任者で二十代の田畑という男がいたという。

ある日、田畑から縄文人のマネキンの破損報告が役場に出された。

そのマネキンはやはり腕が外れた状態で、接続部分が熔(と)けたような状態になっていたという。

当初は誰か来場者の悪戯であろうと判断がなされたが、田畑は管理問題を問われた。

毎日報告される来場者数は、暫くの間ゼロという報告になっていたからである。

どうやら第三者が関与した事件ではない可能性がある。

田畑が損壊させ、証拠隠滅を図ったのではないかと疑いの目をもたれる結果となった。

現在ではありえないのだが、当時は賠償責任にまで発展してしまった。

心を病んだ田畑は、安藤さんが男を見た場所——の上部。当時、吊り看板が設置されていたフックに紐を掛け、その命を絶った。

その足下には遺書が残され、役場の職員への恨み言が延々と綴られていた。

松永は当時、田畑の上司ではなかった。人伝にその話を聞いただけらしい。

遺書がどうなったのか、遺族とのトラブルがどうなったのかまでは詳しくは知らない。

ただ、このことは口にしないように、という暗黙のルールが役場の中にはあったという。

「多分な、お前の見た男は田畑だよ……。今じゃ誰もしてないが、当時は上下のスーツ着用が義務だったしな」


それからほどなくして、安藤さんは観光課への移動となった。

特に安藤さんから部署異動の希望を出した訳ではない。

時期的に通常では有り得ないのだが、何故か辞令が下された。

現在は落ち着いている安藤さんであるが、気になっていたことがあった。

——前任者の現在である。

松永を含め、近しい職場の人にそれとなく訊いてみた。

ただ、皆が揃って言葉を濁した。

田畑さんの遺族は、既にこの町にはいないことは分かった。

ただ、前任者については、氏名も家族のこともよくは分からない。

「知らなくていいんだ。お前は自分の仕事だけを全うすればいい、分かるよな？」

強い口調の松永の言葉が、未だ頭から離れないという。

# 日記帳

地方都市の市役所に勤めている倉田さんは、数年前まで公立図書館に配属されていた。

「収納課からの移動だったんです。そりゃあ、税金の取り立てから解放されただけでも嬉しかったんですが……」

移動によって、彼の仕事内容はまるっきり違うものになってしまった。滞納者宅に入り込んでの差し押さえ業務から、新聞のファイリングや図書貸し出し業務へと変わったのである。

「ああ、何て楽なんだろう。なんて思っていたんですよ、最初の頃は」

ところが、物事とは本当にうまく進まないものである。

「とにかく、本のあのニオイ。あれがね、ホントにダメなんですよ……」

所謂古本の匂いのことであろうか。そう訊ねる私に向かって、彼は頭を振った。

「違いますよ！　アレですよ、あのニオイ！　何かが腐ったような、あのニオイですって！」

どうやら、古本特有の黴臭いようなあの芳香とは異なるようであった。彼が言うには、百冊に一冊程度の割合で、名状し難い腐敗臭を撒き散らしている書物があるらしいのだ。

　首を傾げる私を見るなり、彼もまた不思議そうな表情をしている。まるで、そのニオイが分からない人に初めて会ったかのように。

　その何かが腐ったような臭いの特徴を訊ねてみたが、彼も言葉で言い表すことができないらしく、しきりに困惑した表情をしている。

「……その、腐敗臭ですけど。一定の法則のようなものはあるのでしょうか。例えば、ホラー小説とか怪談とか……」

「えっ、その本の種類ですか？　うーん、てんでバラバラですね。子供用の絵本だったり、恋愛小説だったり、とにかく色々です」

　彼の話によると、本の内容には関係ないと思われる。そうなると、その本を借りた人に関係があるのだろうか。

「いやいや。それが全く違うんですよ。まあ、図書館で手に取ったかどうかまでは分かりませんが」

　彼はそう言うと、考え事をし始めたのか、暫くの間寡黙になってしまった。

　そして開口一番、こう言った。

「あ、そうそう。あのニオイを初めて嗅いだのって、あのときからなんです……」

話は三年前に遡る。

纏まった休みを貰った倉田さんは、久しぶりに帰省することにした。

彼の実家は東北地方にあり、代々そこで農業を営んでいる。

数年振りの実家で寛ごうと考えていたが、年老いた両親に蔵の掃除を頼まれたので、そうも行かなくなってしまった。

「まあ、運動不足だったんで。いい運動になるかな、なんて軽い気持ちで引き受けたんですが……」

掃除と言っても、数畳の部屋ではない。大きく雑多な蔵である。

にも拘わらず、ここ最近は誰一人として足を踏み入れていないようであった。

錆び付いた錠前を開けて蔵の中に入った瞬間、彼は悟った。これはもはや、一人でどうこうできるような状態ではない、と。

そこには様々な物が乱雑に積まれており、想像を遥かに超えるどっぷりとした厚みを持った埃らしきものが堆積していた。

住人をとうに失ってしまった蜘蛛(くも)の巣が所構わず張っており、防塵目的のマスクとゴーグルで防備していても、精神的にきつかった。

しかし、滅多にできない親孝行の機会を逃したくはなかった。

彼は自分にできることだけは、とりあえず全うすることにした。即ち、換気と簡単な掃き掃除、そして張り巡らされた蜘蛛の巣と生き物の死骸除去である。

朝から夕方まで、精力的に蔵の掃除を行っていた。

翌日のこと。

相も変わらず蔵の掃除をしていると、とあるものが気になった。

それは、凄まじい量の埃や虫の死骸が堆積している、古びた雑誌類の束であった。

表紙は劣化が酷くボロボロの状態であったが、妙に読んでみたい衝動に駆られてしまったのである。

掃除を中断して、彼はその場に座り込んで、そっと一冊ずつ中身を確認していった。

もしかして値打ちモノがあるかも。そんな思いもこの作業に彼を没頭させた原因であったかもしれない。

雑誌の殆どは昭和初期のものであり、頁と頁が固着してどうしようもなかったり、鼠(ねずみ)にでも囓(かじ)られたかのように破損しているものも少なくなかった。

これではあまりにも保存状態が悪すぎて、値段が付くどころか自分も読んで愉しむことができない。

彼は溜め息を吐きながら、それらをゴミ袋に入れようとした。

そのときである。

手に持った雑誌の間から、薄い帳面がするりと落ちてきた。

臙脂(えんじ)色の厚紙が表紙となっており、中身は黒い紐でとじ合わせてある。

そこには「日記帳」と右から左に向かって達筆で書かれていた。その下部には控えめな字で、「倉田次郎」と署名されていた。

触れただけで破れてしまいそうな状態ではあったが、図書館勤務の身としては妙に気になる。

そこで、細心の注意を払いながら一枚一枚頁を捲っていく。

そのとき、ほんの一瞬だけ異様な匂いが鼻を衝いたような気がしたが、すぐに埃と黴の匂いに紛れてしまった。

気を取り直して読み進めていくと、やがて大粒の汗が背中を伝って、ゆっくりと落ちていった。

それは奇妙な手記であった。

日記の著者である倉田次郎が呪術目的で赤子を誘拐し、恐ろしく残酷な手口で殺す一部始終が、迫真の描写で克明に綴られている。

　何か所か読めない部分もあったが、そのリアルな残虐シーンは凄まじいの一言であった。

　初めは日記の体をした猟奇小説かと思ったが、どうやらそうではないような気がしてならない。

　このようなことが実際に行われたとは考えたくもなかった。

　しかし、興奮して所々字が乱れたり、行間から滲み出る作者の苦悩や快楽が手に取るように感じられる。

　これは、小説ではない。作者が実際に体験したことか、もしくは妄想を書き綴ったに違いない。

　事実か虚構かで問うならば、この作者にとっては事実以外の何物でもないのであろう。

　そう思い至ったとき、彼は異臭に気が付いた。

　先程チラリと感じた厭な臭いが、いつの間にか何倍もの濃厚さで辺りに充満している。

　古い蔵独特の埃っぽく黴臭いような香りとは全く異なり、死んだ生物か何かが腐敗して、何らかの有機化合物が発生しているような汚臭であった。

　夥しい程の死骸がここには存在しているが、その殆どが蟲（むし）の類である。このような匂いがすること自体、ありえない。

もう、無理。頭が痛い。気持ちが悪い。息ができない。もう、ダメ。

込み上がってくる胃の内容物を押し戻しながら、倉田さんは脱兎の如く蔵から飛び出すと、防塵マスクとゴーグルを勢いよく地面に放り投げた。


その日の夜。

昼間の出来事が気に掛かり、倉田さんはなかなか寝付けずにいた。

窓から入ってくる仄(ほの)かな月明の中、布団の中で何となく天井を見つめている。

するとその視界の隅で、黒い何かが動いたような気がした。

不審に思いつつ、壁の方向に視線を向ける。

最初のうちは、窓の外に野良猫でもいるのかと思っていた。しかし、映り込む影の形と動きから判断して、そうではないことがすぐに分かった。

それは、何処からどう見ても赤子の影であった。窓の月に照らされて、その這いつくばる姿がしっかりと壁に映し出されている。

ここは二階で、窓の外にはごくごく小さな小屋根が付いているだけである。野良猫ですら乗るのが難しかろうに、這いつくばることしかできない赤子がいるはずがない。

まるで全身に冷や水を浴びせられたかのように、肌が一気に粟立つ。

慌てて窓に視線を向けてみるが、もちろんそこには誰もいない。

しかし、壁には相も変わらず赤ん坊の影が映っている。

四つ足で這いつくばり、大きい頭部を持て余しているかのように、全身を小刻みに震わせている。

どうしよう。どうすればいいの、これ。

そのようなことを延々と考えながら、まんじりともせずに迎えた朝日とともに、その影は消えてしまった。

ひょっとして、悪い夢だったのかも。

そんな淡い期待を抱きながら、布団から起き上がろうとして眠たい眼を擦っていたところ、とんでもないものが目に飛び込んできた。

掛け布団の上に、赤子がいる！

倉田さんの胸の辺りに、生まれたままの姿で這いつくばっているが、不思議と重さは感じない。

両瞼は開いていたが、生気を失った眼はどんよりと曇っており、薄い唇を持ったおちょぼ口は半開きになっていた。

逃げようにも、身体がピクリとも動かないし、悲鳴一つ出やしない。

声を失って身動き一つできずにいると、その赤子の顔がガクガクと動き始める。

まるで滑るように、赤子の顔面が彼の目の前へと一気に近づく。

唇と唇が今にもくっつきそうに見えたそのとき、顔は煙のようにその場から消え失せてしまった。


それからも、赤子は彼の前へと頻繁に現れた。初めは目の錯覚だと思っていたことも確かである。しかし、次から次へと、その顔は彼の前に現れる。しかも場所を選ばずに、ありとあらゆる場所へ現れるようになった。

実家のみならず、ちょっとした買い物に出たスーパーやコンビニでも、結構な頻度で出没してくる。

はっきり言って、親孝行どころではなくなった。倉田さんはそのまま自分の部屋に引き籠もってしまい、極力外に出なくなってしまったのである。

それでもあの赤子の出現は止むことがなかった。

しかも、次第にその顔立ちに変化が訪れていった。

血色がよく弾力のある肌はいつしか浅黒く艶のない皮膚へと変貌を遂げ、遂にはどす黒く変色して出来の悪い皮革製品のように不気味なものになった。

やがて丸々と太った蛆虫が眼窩（がんか）や鼻腔で蠢（うごめ）くようになっていき、次第にその範囲をさも当たり前のように広めていく。

その顔が現れると辺りに何とも表現しようのない腐敗臭のような汚臭が漂い始めた。何処かで嗅いだような気がするが、とにかくいなくなると同時にその臭気も一瞬で消え失せてしまうことだけが確かであった。

そのような状態が連日に及んでいた。

彼はどうにかして正気を保っていたが、壊れるのは時間の問題だったのかもしれない。

長期休暇も間もなく終わりを告げようとしていた、その夜のこと。

倉田家の皆が一様に寝静まっていた頃、例の蔵では火災が発生していた。

蔵の換気口から濛々（もうもう）と立ち上がる黒煙に気付いた通行人の通報で、警察車両と消防車が駆け付けたのであった。

しかし、燃えさかる炎は一冊の日記帳だけを綺麗に燃やし尽くすと、一括りにしてあった雑誌類には延焼することなく、何故かそのまま自然鎮火した。

蔵自体はもちろん、他の所蔵物のみならず、周りの建物や人家にも一切被害を及ぼさなかった。

倉田さんが日記帳を発見したその日以降、その蔵に足を踏み入れた者は誰もいないはず。

倉田家では放火に違いないと考えていたが、警察による調査の結果、火災の原因は不明とのことであった。

だが、薄い日記帳一冊が燃えただけで一切他に延焼することもなく、通行人が泡を食って通報するほどの黒煙が立ち上ること自体、おかしな話ではある。

そして、またしてもあの臭いである。真夜中にも拘わらず、火災とともに発生した異臭騒ぎで、近辺にはものものしい格好をした警官達で溢れ返ったそうである。


それ以来、倉田さんはあの赤子の姿を見ていない。

だが、あの臭い。それだけはどうやっても忘れることができない。

何故なら、その後もあの臭いに接することになるのだから。

おおよそ、百冊に一冊程度の割合で。

# 映画祭ボランティア

西暦二〇〇〇年、郵便局員が国家公務員だった頃の話である。

その地方都市では、毎年春になると、約二週間に亘って映画祭が開催されていた。地方ではなかなか見られない単館上映作品などを集めて連日上映するのだ。運営は市民ボランティア団体が行っている。映画が好きな郵便局員の北田も、志願してメンバーになっていた。

ある晩、彼は民営の映画館で切符切りに励んでいた。会場は市営のホールが使われることが多いが、このような〈街の映画館〉でも上映を行う。そこは建物の老朽化が進んで、寂れた雰囲気が漂っていた。おまけにこの作品は人気がないようで、来場者も疎(まば)らである。逆にスタッフは人手が足りていた。

上映開始後、北田は他のスタッフから「観てきていいですよう」と言われたので静かに会場へ入り、最後列から二列目の席に座った。

北田はこのとき、最後列に二十四、五歳の美しい女が一人で座っているのを見た。会場は暗いのにどういう訳か、女の顔立ちや長い黒髪、茶色のジャケットを着ていることまで識別できた。

（おや……？）

少し不思議に思ったが、あまりじろじろ見ては失礼だと思い、気にしないことにした。

ところで、この映画祭では上映作品をスタッフが選んでいる。従って来場者が少ない場合は、作品選びに失敗したことになる訳だ。それが気になった北田は、上映中に客の人数を数え始めた。入り口でもカウンターを使って数えていたが、間違えることもあるので、もう一度確認しておきたかった。後ろのほうに座ったのはそのためである。

それから二時間弱が経過し、映画が終わってエンドロールが流れ始めた。

スタッフには出口で観客を見送ったり、パンフレットなどのグッズを販売する業務がある。北田はエンドロールが終わる前に立ち上がって、観客よりも先に出口へ向かおうとした。

ところが、何げなく後ろを見ると、あの女の姿がない。

（おかしいな。すぐ後ろの席で立ち上がれば物音がするはずなのに……）

ロビーに出た北田は出口へと急ぎ、控えていた女性スタッフに訊ねた。

「ねえ、俺より先に出てきたお客さんはいた？」

「いいえ」

「じゃあ、途中で帰った人は?」

「一人もいませんでしたよ」

北田は訝しく思ったが、このときはそれだけで終わった。


翌日、北田は本業である郵便配達に勤しんでいた。天気は快晴で、暑くも寒くもない、この仕事には打ってつけの爽やかな日和である。

住宅地の中で、さほどスピードを出さずにバイクを走らせていたときのこと。斜め前方の日当たりの良い路面に、ふと目をやった。バイクと自分の影が映っている。

その直後、視界に別のものが入り込んできた。

彼の影のすぐ後ろに、人影が浮かんだのだ。

走るバイクが起こす風に、長い髪が靡いている。郵便局のバイクは荷台にファイバー(箱)が取り付けてあるが、そこから上半身だけの人影が突き出している——。

北田は驚いてバイクを停めた。後ろを振り返ったが、誰もいない。

(目の錯覚だったのかな? それにしては、やけにはっきりした影だったが……)

やがて、ある家のポストがバイクに乗ったままでは郵便物を入れられない位置にあったことから、一度下車した。サイドスタンドを立てて歩き出す。

その瞬間であった。後ろから凄まじい音が響き、左足の脹ら脛(ふくらはぎ)から足首に掛けて激痛が走った。バイクがこちらに倒れてきたのだ。あまりの痛さに、

(くうう。アキレス腱が切れたか？)

と、心配になったほどである。

しかし幸い、どうにか歩くことはできた。打撲だけで済んだらしい。とはいえ、昨夜から奇妙なことが続いているので不吉な予感がしてきた。

間もなく北田は、大きな駐車場があるドラッグストアへ配達に行った。店の裏手にあるポストに郵便物を入れる。そしてバイクを発進させる前に、何げなくサイドミラーを覗いたところ——。

斜め後方に女がいて、北田のヘルメットに頬をくっつけていた。

驚いてバイクに跨ったまま、身を捩らせて振り返れば——。

昨夜映画館で出会った茶色のジャケットを着た女がそこにいた。

それも腰から下がない、上半身だけの姿でファイバーに乗っていたのである。

女はこちらをじっと見つめていたが、その目はたちまち深く窪んできて、真っ黒な眼窩だけになってしまった。額や頬、鼻の肉も急激に減ってきて、見る間に骸骨のような顔へと変わってゆく。

北田は声を出すこともできず、慌ててバイクから降りた。それでほんの一瞬、女から視線を逸らすことになったのだが、また振り返ると、女の姿は消えていたという。

悪寒に襲われたものの、仕事を途中で投げ出す訳にもいかない。早く配達を終わらせよう、とバイクを発進させ、駐車場を通り抜けて出口へ向かう。だが、焦って速度を出し過ぎていたらしい。そこへ一台の車が真正面から駐車場に入ってきた。

慌てて避けようとしたが、間に合わなかった。

北田はバイクごと吹っ飛ばされた。アスファルトの地面に後頭部から叩きつけられる。覚えているのはそこまでであった。


北田は脳震盪を起こして昏倒したまま、救急車で病院へ運ばれたのである。そのまま入院し、完治までには二カ月を要した。退院後も手足が不自由な状態が暫く続き、外出が好きな彼にとっては、つらく退屈な日々を送る羽目になった。

しかも完治してから間もなく、今度は彼の父親が肝臓癌を患っていることが分かった。父親は治療の甲斐なく、数カ月後に死去している。

北田が事故を起こした日から、あの女は姿を現していない。また、彼が最初に女と遭遇した映画館は、のちに閉館してしまった。

# 秋祭り

松本さんはとある役場の産業課に所属している。

日常はデスクワークが主となるが、秋の産業祭りが近づくと準備から会場設営、当日の店舗運営管理と目まぐるしい日々を過ごす。

ある年のこと。天高く晴れ渡る日、産業祭りは開催された。

その日松本さんは早朝から会場確認と売店の在庫管理、焼き台やガスの確認と大忙しであった。

午前十時が開場で、松本さんは焼鳥やおでん場の担当であった。

慣れた手つきで串を次々と仕上げていく。

「さーて、準備はオッケーと」

開場とほぼ同時に、お祭り気分のお客さんが訪れる。

愛想よく焼鳥と缶ビールを手渡すと、皆、備えられたテーブルで美味しそうに頬張る。

普段は町民と触れ合う機会は殆どない仕事である。ただこのときは様々な人々の笑顔に触れ合える。

準備や片付けは大変であるが、やりがいを感じられる日であるため、自然と笑顔が零れた。

お昼時のピークを過ぎると、店の前を通り過ぎる人が増え始めた。

毎年、これが催し終了の兆しである。

徐々にゴミを纏めていき、終了の十六時を待つだけとなる。

（そういえば……）

松本さんはふと思い出した。

毎年、この時間くらいに訪れる村田夫妻のことである。

老夫婦は七十代後半で、客が疎らになった頃を見計らい必ず訪れていた。

村田老人は毎度、焼鳥とみそおでんと缶ビールを一本ずつ注文する。

それを美味しそうに食べる姿を、奥さんが微笑ましく見ているという実に理想の夫婦であった。

体調でも崩したのだろうか？

松本さんは心配しながら待ち続けたが、とうとう間もなく十六時を迎えようとしていた。

「撤収するぞー」

号令とともに並んだ露店が次々と店を畳んでいく。

松本さんも片付けに取り掛かろうとすると、村田夫人の姿が視界の隅に入った。

何処か遠慮がちな様子でこちらを見つめている。

「どーも、村田さん」

駆け寄って話しかけると、例年と雰囲気が違う。

「お父さんはどうしたの？　今日は一人なの？」

村田夫人の顔はどんどん赤くなり、今にも泣き出しそうになった。

「ちょ、ちょっと、どうしたの？　村田さん？」

片付けのことなどすっかり頭から抜け落ちた松本さんは村田夫人を宥め、落ち着かせてから話を聞いた。

御主人が今年の春に亡くなったこと。

産業祭りのときのことを思い出して、懐かしさと寂しさから顔を出そうか躊躇(ためら)っていたこと。

結局、御主人との思い出に触れたくて、こんな時間に来たこと。

そして、松本さんの姿を見た瞬間、心が締め付けられ、身体が動かなくなったと……。

「うん、うん……分かったよ……。でも、よく来てくれたね、ありがとう」

松本さんは村田夫人を優しく抱き寄せ、一緒に涙を流した。

来てくれたことが嬉しい気持ち、ずっと寂しい思いをしていたことに同情する気持ち、もう村田さんの笑顔が見られない悲しい思いで、涙が止め処なく流れた。

「よし！　じゃあ、ちょっと待ってて！」

松本さんは涙を拭うと、心を込めて焼鳥を焼き、みそおでんを温めた。

そして缶ビールを一本付けて村田夫人へ手渡した。

「これ、仏壇に上げてよ。きっと待ってると思うんだ」

「じゃあ、お代を……」

「そんなの要らないって。俺の気持ちなんだから」

何度も頭を下げながら遠ざかっていく村田夫人を、大きく手を振りながら見送った。

来年も来てくれたらいいな、と思いながら。


「おーい、松本。まだ終わらないのかよ。打ち上げが始まっちゃうぞ」

同僚の担当店は片付けが終わったようで、様子を見に来たようだ。

「ああ、先にやっといてくれ。終わったらちゃんと合流するからよ」

松本さんは急ピッチで簡易テントをバラしていく。

『もう、終わりですよね』

突然背後から声を掛けられた。

「あー、すいません。終わっちゃいました」

返事をしながら振り向くと、村田老人が立っていた。

毎年見ていた、にこやかな笑顔を松本さんへ向けていた。


「今思うと自分でも不思議なんですが、まああっさり受け入れましたね」

松本さんは村田老人と向かい合わせで座り、色々なことを話した。

最近の社会情勢や仕事の苦労話。奥さんを心配していることから、死んでも辛いことは何もなく元気でいること等々。

『そういえば、うちのに持たせてくれたよな……』

そのタイミングで松本さんの携帯が鳴った。

「あ、すみません。もしもし……」

「おい、いつまで片付けに掛かってんだよ。もう二次会に移るぞ」

「はぁ？」

時計を見ると片付けに入ってから二時間以上が経過していた。

体感的には三十分も経っていないはずである。

そして気が付くと、目の前に座っていた村田老人の姿は消えていた。

周囲を見渡しても何処にも見当たらない。

『ごちそうさまでした……』

松本さんの頭上からそう声が響いたような気がした。

彼は一呼吸置いた後、「ありがとうございました」と空に向かって叫び、深々とお辞儀をした。


後日、松本さんの職場に菓子折りを持って村田夫人が訪れた。

「主人はね、ずーっと『役場なんか辞めて商売をやったほうがいい。あいつの店なら毎日通うぞ』って言ってたんですよ」

「いやあ、そんなことをしたら一カ月も保たずに店を潰しますって」

暫しの談笑の後、村田夫人を見送った。

その横には笑顔で寄り添う老人の姿があったという。


「翌年も来てくれたので、今年も待っているんですよ。大事なお客様ですから」

産業祭りは松本さんと村田家にとって、とても大切な行事となっている。

# 箱

「展覧会がありまして。近代絵画の展示で、暫くバタバタしてたんですが」

ある美術館でキュレーターを務める華さんの話だ。

「おかげさまで成功裡に終わりまして。展示物も全部送り返して、気が抜けていたんでしょうね」

閉館後の館内で、見回りを終えた当直の警備員が慌てた様子でうろうろしていた。

聞けば収蔵室の鍵が見当たらないのだという。

「上の階の一時保管室の鍵です。見回りを終えて、鍵を戻したのは間違いないらしいんですが、ほんの僅かに目を離した隙に――」

普段、警備員が収蔵室をチェックすることはない。この日はたまたま、一時保管室の見回りを頼んでいた。

見回りを終えた彼が給湯室で一服していると、不意に鍵箱の鍵を掛けたかどうか気になったのだそうだ。

鍵箱は無施錠だった。そして中を見ると、鍵が一つ消えていたのだ。

「鍵箱は事務所の壁、何処からでも見えるところにあったし、私達も事務所にいたから、鍵箱に誰か近づいたら分かると思うんですよ。でもそれも思い当たらなくって」

普通に考えれば、誰かが一時保管室に用があって鍵を持っていったのだろう。

一時保管室は、借りた美術品などを保管する場所だ。

その日は朝から展示物の返送のため、大勢が出入りしていた。今は殆ど空だが、忘れ物などがあっても不思議ではない。

不思議ではないが――。

「『いや、でも待って』って。『誰も事務所から出ていってないよね』って、気付いた人がいて」

鍵が自分で忘れ物を取りに出てゆくはずはない。


一時保管室の鍵なのだから用途は一つである。

彼女らは、上階の保管室へ向かった。

薄暗く、台車などでごちゃごちゃした廊下の奥に一時保管室はある。

その入り口の大きなドアに、鍵が刺さったままになっていた。

中を確認しなければならない。

ドアを開けてみると、内部はがらんとしていた。

壁のスイッチを押す。数度点滅して室内が明るくなると、そこには誰もいなかった。

だが、妙なものが見えた。部屋の奥、設置された幾つもの大きな棚の間だ。

――布。幕。暖簾(のれん)。

それが第一印象であり、実際に近づいてみるとその通りのものであった。

見上げると棚から棚へ、横糸のように布が渡されている。

そこから暖簾のように垂れ下がる数本の布。

更に奇異なのは、その先端にたくさんの籠が結わえ付けられていたのだ。

先端の籠。それらは全部で六つあった。

まだ手を触れていないのに、その籠はどれもぶらぶらと揺れていた。

「何だろうこれ」

気持ち悪い、と普通なら思うかもしれない。

だが彼女らは全く別の感想を持った。

「背景、ですかね」

「……背景、ですかねぇ。静物じゃないかな」

「だとしたらセザンヌでしょうか」

「そりゃどうでしょうね。専門じゃないので。でも蛍光灯が暗いせいでしょう。言いたいことは分かります」

さっきまでこれを作った人間がここにいたかのように揺れているのに、彼女らは臆さず観察した。

強がりではない。

華さんは最初不気味だと思ったのだが、次の瞬間にはもう好奇心が勝っていた。

布は、互いに「さらし」と呼ばれる結び方で繋がれていた。

業界では知られた結び方で、ここのキュレーターならば誰でも知っていた。

警備員によれば、見回りのときにはこんなものはなかったそうだ。

僅か十分もしないうちに、何者かがひっそりと事務所から鍵を取ってこれを作ったことになる。

だが――キュレーターは全員事務所にいたのだ。

籠は特別なものではない。

ネズミ捕り用の籠だ。古く大きな二重底のもので、美術館では見たことがない。

「これって、ネズミ捕りの罠ですよね。ここのものですか？」

「いやぁ、ここじゃ見たことないね。どっからか持ってきたんでしょう。でもほら、アレだけ違いますよ」

年配のキュレーターがそう言ったので見上げると、一番上にぶら下がるものだけが違って見えた。

廊下から脚立を取ってきて一番上の布を調べる。

すると、ぶら下がっていたのは奇妙な箱だった。

酷く古びた、六枚の板を張り合わせて作られたもので、板はどれも歪んでいた。

ネズミ籠に比べると際立って小さい。小物入れ程度の大きさであった。

見たところ全面嵌（は）め殺しのようで、開ける方法がない。

振るとカラカラ音がした。


「とりあえず、保管庫には誰もいなかったし、鍵も見つかったのでその場は一旦お開きになって」

翌朝、片付けることになった。

張り巡らされた布とぶら下がった籠、そして気味の悪い箱を見て、華さんは吐きそうになった。

不思議と、前日よりも遙かに不気味に感じたのだ。

「多分、見つけた直後は興奮してたんです。それが冷静になって見たら、気持ち悪くって」

布は廊下に置いてあったものと休憩室のリネンだと判明した。

しかしネズミ捕りの籠が何処から持ち込まれたものかは分からなかった。

もちろん、あの木箱もである。

「木箱の扱いはちょっと揉めたんですが、一人、どうしてもその箱に興味があるらしくって、任せてくれと」

そのキュレーターは出口といった。女性で、新人であった。

「彼女は、コネがあってこの美術館に来たんですけど、どうも美術品よりも民俗資料とか、元々そっちの人だったらしいんですよね。面白い人で」

出口さんはこの美術館でアルバイトをしていたが、学部時代は県の郷土資料館で働いていた。

そこでは普段滅多に人の寄り付かない常設展示があった。

鋸(のこぎり)など、農具、工具の地味な展示である。

「一応、美術展示もやっていたらしいですよ。忙しいのはそっちだったみたいで、常設展示は常設なのに人入れてなかったみたいです」

目玉展示でも、フロアを全部使うことはあまりない。

ロープで仕切られた導線の奥、順路から外れたところに地味な展示がある。

そこが出口さんの専門だった。


その出口さんが――。

「この箱、私に任せてもらえませんか」と名乗り出たのだ。

史料の扱いには慣れている、知見のある先生方も知っている、という訳だ。

その目には普段見せない光が宿っていた。

新人とはいえ、アルバイトから数えれば五年も務めている。その彼女がそこまではっきりモノを言うのは初めてだった。

だがまず、これがただのゴミではない根拠も、またここから持ち出す判断も、その場の誰にもなかった。

少なくとも捨てるよりは良いだろうということから、出口さんの監督下で一時保管することになった。


それから僅か数日が過ぎた頃だ。

最初に異変に気付いたのは警備員だった。彼は館内最終の施錠中であった。

上階の廊下を見回り、各部屋の施錠を確認した後、廊下を戻って踊り場のシャッターを下ろす。

そのつもりで振り返ったとき、彼はそれに気付いた。

(あれ?)――と、彼は首を伸ばす。

廊下の一番奥が、一息吸うようにスーッと真っ暗になったのだ。

そこは一時保管庫のあるところだ。

真っ黒な闇に飲まれるようにして、廊下の先が消えてしまったかのようだ。

(電灯が切れたかな)

懐中電灯を手に、彼は確認に戻った。

すると、真っ暗な、一時保管室のドアの向こうからすすり泣きが漏れてくる。

反射的に、出口さんだと思った。

企画展示の合間、あまり人の出入りのない一時保管庫に出入りしているのは彼女だけだったからだ。

彼女が例の箱に異様に入れ込んでいることは、キュレーターら以外にも知られていた。

「出口さん――? 大丈夫ですか」

すすり泣きはピタリと止んだ。

僅かな静寂の後、か細い声で「開かない」とうっすら聞こえた。

「今開けます」と、彼はドアノブを回すと、施錠されている。

ドアを叩いて呼びかけたが、返事はない。

鍵を持って内側から施錠されてしまえば、外からはどうしようもない。恐らく館長ならば複製を管理しているはずだが、不在であった。

とにかく応援を――と、彼は事務所に戻った。

「出口さんが！　奥の保管庫に！」

警備員が叫びながら事務所に飛び込んできたとき、出口さんと華さんは事務所にいた。

「鍵もずっと事務所にありましたからね。出口さんも私と一緒にいましたし。そう言ったのですけど、警備の人は念のため一緒に来てくれの一点張りで……」

保管庫前の電灯も何事もなく点灯していた。

開錠し、ドアノブを回す。

そのドアは外開きだった。華さんはゆっくりと引く。

「少し開けたくらいじゃ、中は真っ暗で何も見えなくって。それで、こう、少しずつ開いていくじゃないですか……そしたら」

ドアが何かに引っ掛かった。
反射的に足下を見たが、引っ掛かるようなものはない。
ドアノブは回る。だが少しくらい力を入れても、ドアがこれ以上開かない。
思わず中を覗き込んだ。
少し見上げたところ、内側からドアを掴む手がある。
その向こうに、顔があった。
真っ白で無表情――能面のような顔が、眼前に浮かんでいた。
だが、その顔は――。
(で、出口さん――?)
彼女に瓜二つであった。
ただしその顔は、逆様であった。
背後で、出口さんと警備員が叫んだ。
華さんも絶叫して、手を離した。
バタン!　とドアが閉じる。
ガチャリと内側から施錠される音がした。

完全に腰を抜かし、その場で扉を見上げる華さん。

ドアの向こう、天井の辺りがバタバタと騒がしくなった。

少なくともその後、数日間はそのドアが開かれることはなかった。


落ち着いてから訊いたところでは、こうだ。

華さんの背後にいた二人も、内側から伸びた手を見ていた。

それを見て思わず叫んだと言い、部屋の中には気付いていないようだった。

華さんの見た、出口さんそっくりの顔については、誰にも話せなかった。

話そうにも、あれが一体何だったのか華さん自身少しも理解できないのだ。

「警備員さんは翌日から休みがちになって、翌月にはもう契約解除になったみたいですね。警備会社の人が謝りに来てたのを覚えてます。出口さんは――」

彼女は何度も、鍵を貸すように華さんに迫った。

一時保管室の鍵は華さんが管理するようになったのである。

あの部屋には例の箱が置きっぱなしになっているはずだ。それを回収したいと出口さんは言った。

「私は大反対だったんですが、次の企画もあるし、そのまま開かずの部屋にはできませんし……」

やむなく、華さんは鍵を渡した。

自分は立ち会わないことを条件に、華さんは折れることにしたのだ。

「出口さんはすぐ戻ってきたんですが、そわそわしてて――箱はなくなっていたらしいです。彼女の顔を見たら、『嘘だな』ってはっきり分かったんですけど、私も話を合わせることにしました。まぁ、箱のことなんて誰にも訊かれなかったんですけど」

箱を手にした出口さんは、すぐに逃げるように退職した。

十年も前のことである。

「結局、その箱が何だったのか分からず終いで。それはいいんですけど、こっちだって何だか横領を見逃したみたいで気持ち悪いじゃないですか。忘れよう、忘れようとしてたんですが――」

事実、部屋から箱はなくなっていた。

華さんは、出口さんがそれを持ち逃げしたことを確信している。

それから一度も、妙なことは起きていないのだという。

「今年までは、そうでした。今年の春、ちょっと事情が変わりまして」

キュレーターは狭き門である。だが他の専門職ほど待遇も良くはない。

人手不足は深刻だ。

郷土の武将や銘刀を中心に、日本刀や鍛冶の展示をしたいという企画は度々持ち上がっていたが、詳しい人間がおらずに立ち消えていた。

そこへ今年、大学院を卒業した新人が入ってきた。

在学中に県内の資料館や美術館で働き、美術の造詣も深い。

「一目会って、動けませんでした。当然というか、全くの別人だったんですが……。それでもあの人の妹か親戚かって確認してしまうくらいに……」

その女性は、あの出口さんと瓜二つであった。

# 解説

公務員を巡る実話怪異譚集『恐怖箱 屍役所』、いかがでしたでしょうか。

本シリーズは、「恐怖箱オールスターズ」というコードネームで呼ばれておりまして、その名の通り、恐怖箱及び一部「超」怖い話でも活躍中の著者陣に、毎回ワンテーマで御参加いただく、という企画物となっています。年二回、難なくこなしてしまっていることもあって簡単そうにも見えますが、実のところこれはなかなか高度な試みでもあります。

実話怪談というのは、まず体験者ありきの読み物です。全てが著者の脳内で生産される小説的読み物と大きく異なるのはそこで、全ての怪談は「実際に体験した誰かがおり、その体験談を体験者から聞き取り、朧な記憶を整理し、時系列を糺し、恰もその場に居合わせたかのような読み物の形に仕立て直す」ことで成り立っています。

つまり、まず体験者ありき、そして取材ありき、となります。取材したからといってその全てが「なるほどそれは怖い」と腑に落ちるものとは限りません。中には「取材した時点では怖さが分からず、取材メモを整理している最中に途轍もなく恐ろしいことに気付く」とか、その逆とかいった状態で現れる怪談もあります。

またこれは、確実に一定の確率で恐怖譚が拾える——という確約があるものでもありません。たった一人の体験者から文庫一冊分も出てくることもあれば、十人に十話ずつ聞いて、一～二話しか当たりが出ないこともあります。実話怪談蒐集というのは命中率に大変にムラがあり、願ったネタを思った通りに見つける、というのは至難の業であるわけです。

ここまで語れば「ワンテーマで一冊」というのが非常に難易度が高いことにお気付きいただけるかと思います。都合良く出てくるわけではないのに、なぜ一冊にまとまるほどに話が揃うのか。これも偏に、著者陣の日頃の取材量によるところが大きいでしょう。

ワンテーマを著者に求めるオールスターズ、そして個々の著者が縛りなしで怪談を語りまくる単著シリーズ、加えて近年では郷土色豊かな御当地怪談もお目見得して参りました。恐怖箱著者の近著では、高田公太氏の『恐怖箱 青森乃怪』、服部義史氏の『恐怖実話 北怪道』、戸神重明氏の『怪談評本箱 雨鬼』は群馬の怪談、菱井十拳氏の『怨霊黙示録 九州一の怪談』も九州の大怨霊譚が注目を集めています。これらも言うなれば難易度の高いワンテーマの実話怪談集と言えましょう。本書共々手を伸ばしてみていただきたいところです。

飢えた〈怪談餓鬼〉に魅入られた皆様におかれましては、また次の機会をお楽しみに。

全力のワンテーマ実話怪談集を新たに御用意させていただきます故、しばしお待ちを。

# 著者あとがき

## 雨宮淳司

「鬼火」と口伝される火災現象は、各地の消防署にあるようです。「火災跡からの謎の再出火」、「仏壇・神棚からの火気無しの出火」、「同姓の家の出火が続く」等々。

## 神沼三平太

どこまでが公務員なのかで悩みました。議員、裁判官、県知事、官僚などへの取材ができなかったのは残念。今後の課題ですね。

## 高田公太

今年は「怪談好きの公務員」に会う機会が二度あった。「公務員」をテーマにした怪談集の企画を立てる竹書房の皆さんは、一体何を考えているのだろう。天才の集まりなのだろうか。

## 橘 百花

今回はかなり昔に取材したまま、なぜかそのままにしていたものを出してきました。久しぶりに顔の左側だけが赤く爛れて涙目です。（ゲラが来る頃には治りましたけど）

## つくね乱蔵

公務員と聞いて、真っ先に頭に浮かぶのは警察官である。若い頃やっていたバイト先の常連客が警察官だったからだ。当時、聞いた話を今になって本にできるとは。

## 戸神重明

今年も著書とイベントで多くの方にお世話になりました。来年は恐らく日本初となる特殊なイベントを主催します。お楽しみに！　それでは、来年まで魔多の鬼界に！